HOMEM COMUM

Lista de obras do autor publicadas pela Companhia das Letras

Adeus, Columbus
O animal agonizante
O avesso da vida
Casei com um comunista
O complexo de Portnoy
Complô contra a América
Entre nós
Fantasma sai de cena
Os fatos
Homem comum
A humilhação
Indignação
A marca humana
Nêmesis
Operação Shylock
Pastoral americana
Patrimônio
O professor do desejo
Quando ela era boa
O teatro de Sabbath
Zuckerman acorrentado

PHILIP ROTH HOMEM COMUM

Tradução
Paulo Henriques Britto

6ª reimpressão

COMPANHIA DAS LETRAS

Copyright © 2006 by Philip Roth
Todos os direitos reservados

Grafia atualizada segundo o Acordo Ortográfico da Língua Portuguesa de 1990, que entrou em vigor no Brasil em 2009.

Título original
Everyman

Capa
João Baptista da Costa Aguiar

Preparação
Mirtes Leal

Revisão
Daniela Medeiros Gonçalves Melo
Ana Maria Barbosa

Atualização ortográfica
Márcia Moura

Dados Internacionais de Catalogação na Publicação (CIP)
(Câmara Brasileira do Livro, SP, Brasil)

Roth, Philip, 1933-2018.
    Homem comum / Philip Roth ; tradução Paulo Henriques Britto. — São Paulo : Companhia das Letras, 2007.

    Título original : Everyman
    ISBN 978-85-359-1087-2

    1. Ficção norte-americana I. Título.

07-6591   CDD-813

Índice para catálogo sistemático:
1. Ficção : Literatura norte-americana   813

[2018]
Todos os direitos desta edição reservados à
EDITORA SCHWARCZ S.A.
Rua Bandeira Paulista, 702, cj. 32
04532-002 — São Paulo — SP
Telefone: (11) 3707-3500
www.companhiadasletras.com.br
www.blogdacompanhia.com.br
facebook.com/companhiadasletras
instagram.com/companhiadasletras
twitter.com/cialetras

para J. C.

Cá, onde os homens vivem a gemer,
Onde cabelos brancos, ralos, tremem,
E jovens morrem, magros como espectros;
Onde basta pensar para sofrer [...]
        John Keats, "Ode a um rouxinol"

Em torno da sepultura, no cemitério malcuidado, reuniam-se alguns de seus ex-colegas de trabalho da agência publicitária nova-iorquina, relembrando sua energia e originalidade e dizendo a sua filha, Nancy, como fora divertido trabalhar com ele. Havia também pessoas que tinham vindo de carro de Starfish Beach, a comunidade de aposentados na costa de Nova Jersey onde ele morava desde o Dia de Ação de Graças de 2001 — os idosos que recentemente tinham sido seus alunos num curso de pintura. Vieram também os dois filhos, Randy e Lonny, homens de meia-idade, filhos do turbulento primeiro casamento, que eram muito próximos à mãe e que, em consequência disso, do pai conheciam pouco de bom e muito de péssimo, e só estavam ali por obrigação, mais nada. O irmão mais velho dele, Howie, e sua cunhada também estavam presentes, tendo vindo da Califórnia de avião na véspera; e também uma de suas três ex-esposas, a do meio, a mãe de Nancy, Phoebe, uma mulher alta, magérrima, de cabelo branco, cujo braço direito pendia inerte ao longo do corpo. Quando Nancy lhe perguntou se ela queria dizer alguma coisa, Phoebe balançou a cabeça, tímida, mas logo em seguida começou a falar em voz baixa, uma fala um pouco arrastada. "É muito difícil de acreditar. Fico lembrando o tempo todo dele nadando na baía — só isso. É o que vejo, ele nadando na baía." E mais Nancy, que havia negociado com a agência funerária e telefonado para as pessoas que compareceram ao enterro, para que não estivessem presentes apenas ela, sua mãe, o irmão e a cunhada dele. Havia uma única pessoa presente que não tinha sido convidada, uma mulher atarracada com um rosto redondo e simpático, de cabelo pintado de ruivo, que simplesmente apareceu no cemitério e apresentou-se como Maureen, a enfermeira particular que havia cuidado dele após a cirurgia de coração, anos antes. Howie lembrava-se dela, e foi dar-lhe um beijo no rosto.

Nancy disse a todos: "Eu queria começar falando alguma coisa a respeito deste cemitério, porque descobri que o avô do meu pai, meu bisavô, não apenas está enterrado na parte mais antiga, ao lado de minha bisavó, como também foi um dos seus fundadores, em 1888. A associação que financiou e construiu este cemitério era formada pelas sociedades funerárias das organizações beneficentes e congregações judaicas dos condados de Union e Essex. Meu bisavô era dono de uma pensão em Elizabeth, que recebia principalmente imigrantes recém-chegados, e ele se preocupava muito com o bem-estar deles, mais do que se espera de um dono de pensão. É por isso que ele estava entre os que compraram a terra e aplainaram o terreno e fizeram o tratamento paisagístico, é por isso que atuou como primeiro diretor do cemitério. Na época, era relativamente jovem, mas tinha muito vigor, e o nome dele é o único que assina o documento em que está especificado que o cemitério se destinava a 'enterrar os sócios falecidos de acordo com as leis e os rituais do judaísmo'. Como vocês podem ver, a manutenção dos túmulos, da cerca e dos portões não é mais como deveria ser. Há coisas apodrecidas e despencadas, os portões estão enferrujados, as trancas desapareceram, houve vandalismo. Com o tempo, o cemitério ficou muito próximo ao aeroporto, e o ruído distante que vocês estão ouvindo é do tráfego constante dos carros na rodovia expressa de Nova Jersey. Naturalmente, de início pensei nos lugares realmente bonitos em que meu pai poderia ser enterrado, os lugares onde ele e minha mãe iam nadar quando eram jovens, as praias que ele frequentava. No entanto, por mais triste que eu fique quando olho à minha volta e vejo toda essa deterioração — vocês provavelmente também sentem o mesmo, e talvez até se perguntem por que é que estamos reunidos num cemitério tão maltratado pelo tempo —, queria que meu pai ficasse junto das pessoas que o amaram e das quais descendeu. Ele amava seus pais, e é importante que fique perto deles. Eu não queria que ficasse em outro lugar, sozinho". Nancy permaneceu em silêncio por um momento para controlar as emoções. Uma mulher de trinta e poucos anos, de rosto suave, de uma beleza simples, tal como sua mãe outrora, ela não parecia de modo algum uma pessoa investida de autoridade, nem mesmo corajosa; mais parecia uma menina de dez anos sem saber o que fazer. Virando-se para o caixão, pegou um punhado de terra e, antes de lançá-lo sobre a tampa, disse com simplicidade, ainda com um ar de menina perplexa: "Pois é, é isso. Não há mais nada que a gente possa fazer, papai". Então lembrou-se da máxima estoica de seu pai, de tantos anos atrás, e começou a chorar. "Não há como refazer a realidade", disse ela ao pai. "O jeito é enfrentar. Segurar as pontas e enfrentar."

O próximo a jogar terra sobre a tampa do caixão foi Howie, a quem ele cultuava quando os dois eram meninos e que, em troca, sempre o tratara com carinho e afeto, pacientemente ensinando-o a andar de bicicleta, a nadar e a praticar todos os esportes em que ele próprio se destacava. Parecia ainda capaz de correr com uma bola de futebol americano até o meio de campo, e já estava com setenta e sete anos. Jamais fora hospitalizado e, apesar de irmão de seu irmão, permanecera triunfalmente saudável durante toda a vida.

Sua voz estava rouca de emoção quando ele sussurrou para a mulher: "Meu irmão mais novo. Isso não faz sentido". Então dirigiu-se a todos os presentes. "Vamos ver se eu consigo. Vamos falar sobre esse cara. O meu irmão..." Fez uma pausa para organizar as ideias e falar coisa com coisa. O jeito de se exprimir e o tom agradável de sua voz eram tão parecidos com os do irmão que Phoebe começou a chorar, e mais que depressa Nancy tomou-lhe o braço. "Nos últimos anos", disse Howie, olhando para a sepultura, "ele teve problemas de saúde, e também estava solitário — um problema também muito sério. A gente conversava pelo telefone sempre que podia, se bem que, quando se aproximou o final da vida, ele tenha se afastado de mim, por motivos que nunca ficaram claros. Desde o tempo do colegial, ele sentia um impulso irresistível de pintar, e depois que se aposentou da firma de publicidade, onde teve muito sucesso, primeiro como diretor de arte e, após ser promovido, como diretor de criação — depois de toda uma vida trabalhando como publicitário, ele pintou praticamente todos os dias de todos os anos que lhe restaram de vida. Dele podemos dizer o que certamente foi dito por todos aqueles que amavam quase todos os que estão enterrados aqui: ele deveria ter vivido mais. Deveria, sim." Após um momento de silêncio, a expressão de dor e resignação em seu rosto foi substituída por um sorriso melancólico. "Quando entrei para o colegial e comecei a fazer treinamento esportivo na parte da tarde, ele assumiu as tarefas que antes era eu que fazia para meu pai depois das aulas. Ele adorava, com apenas nove anos de idade, levar os diamantes num envelope no bolso do paletó, ir de ônibus a Newark, onde o cravador, o gemólogo, o lapidário e o relojoeiro, nosso pai, ficavam cada um sentado em seu cubículo, lá na Frelinghuysen Avenue. Essas viagens davam um prazer imenso àquele menino. Tenho a impressão de que foi ao ver os artesãos trabalhando sozinhos naqueles lugares espremidos que meu irmão teve a ideia de usar as mãos para criar obras de arte. Creio que foi também ao examinar as facetas dos brilhantes através da lupa de meu pai que ele sentiu vontade de fazer arte." De repente Howie foi dominado por um riso, uma rápida trégua no meio daquela tarefa, e disse: "Eu era o irmão convencional. Em mim, os brilhantes despertaram a vontade de ganhar dinheiro". Depois retomou o fio da meada, voltando o olhar para a ampla e ensolarada janela da infância. "Nosso pai punha um pequeno anúncio no *Elizabeth Journal* uma vez por mês. Na época de festas, entre o Dia de Ação de Graças e o Natal, ele mandava publicar o anúncio toda semana. 'Troque seu relógio velho por um novo.' Todos aqueles relógios velhos que se acumulavam — a maioria já sem conserto — eram jogados numa gaveta nos fundos da loja. Meu irmãozinho ficava horas sentado ali, fazendo os ponteiros andar e ouvindo o tique-taque dos que ainda andavam, examinando cada mostrador, cada estojo. Era disso que ele gostava. Cem, duzentos relógios velhos, a gaveta inteira provavelmente não valia mais que dez dólares, mas para ele, com o olho de artista que já estava desenvolvendo, a sala dos fundos era um baú de tesouro. Pegava aqueles relógios e punha no pulso — sempre andava com um relógio tirado daquela gaveta. Um dos que ainda funcionavam. E os que queria fazer funcionar porque gostava da cara deles, esses ele tentava consertar, mas não conseguia — no mais das vezes, ficavam piores ainda. Mas, enfim, foi assim que ele começou a usar as mãos em tarefas meticulosas. Meu pai sempre tinha duas moças recém-saídas do colegial, adolescentes ou de vinte e poucos anos, que o ajudavam no balcão da loja. Moças simpáticas e boazinhas de Elizabeth, bem-educadas, decentes, sempre cristãs, principalmente católicas irlandesas, filhas e irmãs e sobrinhas de empregados da fábrica de máquinas de costura Singer, ou da companhia de biscoitos, ou do cais do porto. Ele achava que a presença daquelas mocinhas cristãs bem-educadas fazia os fregueses se sentirem mais em casa. Quando um freguês pedia, as moças experimentavam as joias, atuavam como modelos para eles, e às vezes a gente tinha sorte e vendia. Meu pai dizia que, quando uma moça bonita usa uma joia, as outras mulheres ficam achando que se usarem a mesma joia vão ficar tão bonitas quanto ela. Os trabalhadores do cais do porto que vinham comprar alianças de noivado ou de casamento às vezes tinham a temeridade de segurar a mão da vendedora para examinar a joia mais de perto. Meu irmão também gostava de ficar com aquelas moças, muito antes de ter idade para entender por que é que a presença delas lhe dava tanto prazer. Ele as ajudava a esvaziar a vitrine e os mostruários no final do expediente. Era capaz de fazer qualquer coisa pra ajudá-las. Eles tiravam da vitrine e dos mostruários quase tudo, só ficavam as peças mais baratas, e logo antes de fechar a loja o menininho abria o cofre grande da sala dos fundos com o segredo que meu pai já lhe havia confiado. Era eu que antes fazia todas essas tarefas, e eu também tentava me aproximar o máximo das garotas, especialmente de duas irmãs louras que se chamavam Harriet e May. Ao longo dos anos foram muitas, Harriet, May, Annmarie, Jean, e mais Myra, Mary, Patty, e Kathleen e Corine, e todas elas gostavam daquele menino. A Corine, que era muito bonita, instalava-se na bancada da sala dos fundos no início de novembro, e ela e meu irmão endereçavam os catálogos que a loja mandava imprimir e enviava a todos os clientes antes do período de festas, quando meu pai abria a loja seis noites por semana e todo mundo se matava de tanto trabalhar. Se a gente dava ao meu irmão uma caixa de envelopes, ele conseguia contá-los mais depressa que qualquer um, porque os dedos dele eram muito ágeis e ele contava os envelopes de cinco em cinco. Eu ia à sala dos fundos dar uma olhada, e não dava outra — lá estava ele a se exibir pra Corine, contando envelopes. Era impressionante como gostava de fazer tudo o que devia ser feito para ser o filho confiável do joalheiro! Era este o elogio favorito de nosso pai: 'confiável'. Durante muitos anos, ele vendeu alianças para os irlandeses, alemães, eslovacos, italianos e poloneses de Elizabeth — em sua maioria, operários jovens e sem dinheiro. Muitas vezes, depois que ele fazia a venda, nós éramos convidados, toda a família, para o casamento. As pessoas gostavam do meu pai — ele tinha senso de humor, mantinha os preços baixos e vendia fiado pra qualquer um; e assim nós íamos, primeiro à igreja, depois à festa animada. Veio a Depressão, veio a guerra, mas enquanto isso as pessoas se casavam, as moças trabalhavam no balcão, e a gente ia de ônibus a Newark com centenas de dólares em diamantes guardados em envelopes nos bolsos de nossos casacos de lã. Em cada envelope nosso pai anotava as instruções para o cravador ou o gemólogo. Havia um cofre Mosley de um metro e meio de altura, com fendas nas laterais onde se encaixavam as bandejas de joias que a gente guardava cuidadosamente todas as noites e retirava todos os dias de manhã... E tudo isso era o cerne da vida de meu irmão como um bom menino." Os olhos de Howie fixaram-se no caixão outra vez. "E agora, o quê?", perguntou ele. "Acho melhor ficar por aqui. Eu poderia continuar, lembrar ainda mais coisas... Mas por que não lembrar? O que é que tem derramar mais um litro de lágrimas, entre familiares e amigos? Quando nosso pai morreu, meu irmão me perguntou se eu me incomodava se ele ficasse com o relógio dele. Era um Hamilton, feito em Lancaster, Pensilvânia, e segundo o perito, o patrão, era o melhor relógio já feito neste país. Sempre que vendia um Hamilton, nosso pai dizia ao freguês que ele havia feito a melhor escolha. 'Veja só, eu mesmo uso um.

Um relógio muitíssimo respeitado, o Hamilton. A meu ver', dizia ele, 'é o melhor relógio feito nos Estados Unidos, de longe.' Custava setenta e nove dólares e cinquenta centavos, se não me falha a memória. Naquele tempo os preços todos terminavam com cinquenta centavos. O Hamilton tinha uma tremenda reputação. Era mesmo um relógio de classe, meu pai adorava o dele, e, quando meu irmão disse que queria ficar com ele, fiquei felicíssimo. Ele poderia ter escolhido a lupa e o estojo de carregar diamantes de nosso pai. Era um estojo de couro já gasto que ele levava no bolso do casaco sempre que saía da loja a trabalho: dentro tinha uma pinça, umas chaves de fenda minúsculas e a escala, uma série de pequenos aros para medir o tamanho de uma pedra redonda, e os papeizinhos brancos dobrados pra guardar diamantes soltos. Eram coisas pequenas e belas, importantes para ele, sempre perto das mãos ou do coração dele, e no entanto resolvemos enterrar a lupa e o estojo com tudo o que havia dentro junto com nosso pai. Ele sempre levava a lupa num dos bolsos e os cigarros no outro, por isso enfiamos a lupa dentro da mortalha. Lembro de meu irmão dizendo: 'Na verdade, a gente devia mesmo era pôr no olho dele'. Para vocês verem o que a dor faz com a gente. Nós ficamos atordoados. Não sabíamos o que mais fazer. Certo ou errado, foi isso que achamos que tínhamos que fazer. Porque essas coisas não apenas pertenciam a ele — elas *eram* ele... Para terminar a história do Hamilton, o velho Hamilton do meu pai, que a gente dava corda todos os dias e puxava o pino para poder mexer nos ponteiros... meu irmão usava esse relógio dia e noite, menos quando ia nadar. Só o tirou do pulso em caráter definitivo há quarenta e oito horas. Ele o entregou à enfermeira para que ela o guardasse enquanto estava sendo operado — foi a operação que o matou. No carro, a caminho do cemitério hoje de manhã, minha sobrinha Nancy me mostrou que tinha colocado mais um elo na pulseira, e agora é ela que está usando o Hamilton."

Então vieram os filhos, homens de quarenta e muitos anos que, com seus cabelos negros e luzidios, seus olhos negros eloquentes e o sensual volume de suas bocas largas e idênticas, eram iguaizinhos ao pai (e ao tio) na idade deles. Homens bonitões, já começando a engordar, que, ao que parecia, eram tão unidos quanto eram irremediavelmente rompidos com o pai. O mais moço, Lonny, foi o primeiro a se aproximar da sepultura. Mas, depois que pegou um torrão de terra, todo seu corpo começou a tremer, a sacudir-se, dando a impressão de que ele estava prestes a vomitar com violência. Fora acometido por uma onda de sentimento pelo pai, um sentimento que não era de antagonismo, mas que o antagonismo o impedia de manifestar. Quando abriu a boca, dela só saiu uma série de sons sufocados, grotescos, como se a emoção que o dominava fosse algo que jamais o deixaria em paz. Seu estado era tão deplorável que Randy, o filho mais velho, mais decidido, o filho mais crítico, imediatamente veio salvá-lo. Tirou de sua mão o torrão de terra e jogou-o em cima do caixão pelos dois. E não teve nenhuma dificuldade em falar quando chegou sua vez. "Dorme em paz, papai", disse Randy, e era aterrador constatar que não havia em sua voz o menor toque de ternura, dor, amor ou perda.

A última pessoa a se aproximar do caixão foi a enfermeira, Maureen, que parecia ser uma batalhadora, alguém que tinha familiaridade com a vida tanto quanto com a morte. Quando deixou, com um sorriso, que a terra escorresse lentamente por entre os dedos da mão entreaberta, caindo sobre o caixão, o gesto pareceu o prelúdio de um ato carnal. Não havia dúvida de que aquele homem era alguém que tivera outrora alguma importância para ela.

E assim terminou. Não se chegara a nenhuma conclusão. Todos tinham dito o que tinham a dizer? Não, e ao mesmo tempo é claro que sim. Em todo o estado, naquele dia, tinha havido quinhentos funerais como este, rotineiros, normais e, tirando os trinta segundos inesperados proporcionados pelos filhos — e tirando a ressurreição efetuada por Howie, com tamanha precisão, do mundo inocente que existia antes da invenção da morte, a vida perpétua naquele éden criado pelo pai, um paraíso com apenas cinco metros de fachada e doze de profundidade, disfarçado de joalheria tradicional —, nem mais nem menos interessante que os outros. Por outro lado, é justamente o que há de normal nos funerais o que os torna mais dolorosos, mais um registro da realidade da morte que avassala tudo.

Minutos depois, todos já haviam ido embora — cansados, chorosos, deixando para trás a atividade menos atraente a que se entrega a espécie humana — e ele ficou só. É claro que, tal como ocorre quando qualquer pessoa morre, embora muitos estivessem sofrendo, outros permaneciam indiferentes, ou se sentiam aliviados, ou então, por motivos bons ou maus, estavam na verdade satisfeitos.

Embora tivesse se acostumado a viver sozinho e a se virar por conta própria desde o último divórcio, dez anos antes, deitado na cama, na véspera da cirurgia, ele se esforçou para relembrar com o máximo de exatidão possível cada uma das mulheres que estivera presente, esperando que ele se recuperasse dos efeitos da anestesia no quarto do hospital, relembrando até mesmo a mais incapaz das companheiras, sua última esposa; não fora uma experiência nada sublime recuperar-se, em companhia dela, de uma operação em que lhe foram implantadas cinco pontes de safena. A experiência sublime lhe fora proporcionada pela enfermeira particular de ar tranquilamente profissional que cuidou dele depois que voltou do hospital, com uma devoção animada que promoveu uma recuperação lenta porém progressiva, e com quem, sem que sua esposa soubesse, ele manteve um caso prolongado depois que recuperou sua potência sexual. Maureen. Maureen Mrazek. Ele dera uma série de telefonemas na tentativa de encontrá-la. Queria que ela viesse trabalhar como sua enfermeira, no caso de tais cuidados se tornarem necessários, quando ele voltasse para casa desta vez. Mas dezesseis anos haviam-se passado, e a agência de enfermagem do hospital tinha perdido contato com ela. Ela estaria agora com quarenta e oito anos, muito provavelmente casada e com filhos, a jovem bonita e cheia de energia transformada numa mulher corpulenta de meia-idade, enquanto a batalha de permanecer incólume já havia sido perdida por ele, pois o tempo transformara seu corpo num armazém de aparelhos artificiais cuja função era adiar o colapso. Nunca antes precisara de tanta diligência e engenho para conseguir driblar os pensamentos referentes a seu próprio fim.

Tantos anos depois, relembrou a ida ao hospital com a mãe para se operar de uma hérnia no outono de 1942, uma viagem de ônibus de apenas dez minutos. Normalmente, quando ia a algum lugar com a mãe, era no carro da família, com o pai ao volante. Mas agora estavam apenas eles dois no ônibus, indo para o hospital onde ele nascera, e era a presença da mãe que acalmava suas apreensões e lhe inspirava coragem. Quando pequeno, tinha extraído as amígdalas no hospital, mas nunca mais voltara lá. Agora ficaria internado por quatro dias e quatro noites. Era um menino sensato de nove anos, sem nenhum grande problema, porém no ônibus sentia-se como uma criancinha pequena e constatava que precisava da presença da mãe de uma maneira que julgava já ter deixado para trás.

Seu irmão, que cursava o primeiro ano do secundário, estava assistindo aula e seu pai tinha ido de carro para o trabalho bem antes de ele sair para o hospital com a mãe. No colo dela havia uma maleta contendo uma escova de dentes, um pijama, um roupão de banho e um par de chinelos, e mais os livros que ele levava para ler. Ainda se lembrava dos nomes dos livros. O hospital ficava bem perto da biblioteca local, de modo que sua mãe poderia pegar mais material de leitura se ele lesse todos aqueles livros enquanto estivesse no hospital. Ele ficaria uma semana convalescendo em casa antes de voltar às aulas e, na ocasião, estava mais preocupado com todas as aulas que ia perder do que com a máscara de éter que, ele sabia, iriam colocar sobre seu rosto para anestesiá-lo. No início dos anos 40, os hospitais ainda não permitiam que os pais passassem a noite com os filhos, e por isso ele teria de dormir sem a mãe, o pai ou o irmão por perto. Também isso o deixava ansioso.

Sua mãe era uma mulher articulada e de boas maneiras, tal como eram as mulheres que o atenderam na recepção do hospital e as enfermeiras do setor de cirurgia quando eles, tendo subido pelo elevador, chegaram à ala infantil do andar de cirurgia. Sua mãe levava a maleta porque, embora fosse bem leve, ele não devia carregar nenhum peso enquanto a hérnia não fosse operada e sua recuperação não fosse completa. Ele descobrira o inchaço na virilha esquerda alguns meses antes, mas não dissera nada a ninguém; simplesmente ficava pressionando-o com os dedos para que desaparecesse. Não sabia exatamente o que era uma hérnia, nem se seria sério aquele inchaço tão perto de seus órgãos genitais.

Naquele tempo, alguns médicos receitavam o uso de uma funda rígida, com peças de metal, se a família não quisesse operar a criança ou não tivesse dinheiro para custear uma cirurgia. Ele conhecia um menino no colégio que usava uma funda desse tipo, e um dos motivos que o levaram a não contar nada a ninguém era o temor de que o obrigassem a usar aquilo e os colegas descobrissem o fato quando fosse mudar de roupa para a aula de educação física.

Quando finalmente confessou aos pais, seu pai o levou ao consultório médico. Em pouco tempo o médico examinou-o e fez o diagnóstico e, após conversar alguns minutos com seu pai, começou a tomar as providências para a cirurgia. Tudo foi feito com velocidade espantosa, e o médico — o mesmo que o pusera no mundo — lhe garantiu que ele ia ficar bom, fazendo em seguida um comentário jocoso a respeito dos quadrinhos de Ferdinando, que eles dois gostavam de ler no jornal vespertino.

O cirurgião, o dr. Smith, era, segundo seus pais, o melhor da cidade. Tal como seu próprio pai, o dr. Smith, cujo nome original era Solly Smulowitz, havia sido criado nos cortiços, filho de imigrantes pobres.

Uma hora após chegar ao hospital, ele estava instalado no leito, embora a cirurgia estivesse marcada para a manhã seguinte — era assim que cuidavam dos pacientes naquela época.

No leito ao lado do seu estava um menino que sofrera uma operação no estômago e que ainda não tinha permissão para se levantar da cama. A mãe do menino estava sentada à cabeceira, segurando-lhe a mão. Quando o pai veio visitá-lo após o trabalho, ele e a mãe conversaram em iídiche, o que o fez pensar que estavam preocupados demais para falar em inglês na presença do filho. O único lugar em que ele ouvia pessoas falando em iídiche era a joalheria, quando vinham refugiados da guerra em busca de relógios Schaffhausen, uma marca difícil de encontrar, que obrigava seu pai a dar vários telefonemas até conseguir localizar um — "Schaffhausen, quero um Schaffhausen", era tudo o que eles sabiam dizer em inglês. É claro que o iídiche era praticamente a única língua falada quando os judeus hassídicos de Nova York iam a Elizabeth, uma ou duas vezes por mês, para reabastecer a loja de diamantes — para seu pai, seria caro demais manter um estoque grande no cofre. Havia muito menos comerciantes de joias hassídicos nos Estados Unidos antes da guerra do que depois, mas seu pai, desde o início, preferia lidar com eles a tratar com as grandes empresas de diamantes. O comerciante que vinha com mais frequência — e que havia migrado com a família, no intervalo de poucos anos, de Varsóvia a Antuérpia e de lá a Nova York — era um homem mais velho, sempre com um chapéu preto grande e um casaco preto comprido que não se via ninguém mais usar nas ruas de Elizabeth, nem mesmo os outros judeus. Tinha barba e tranças, e guardava os diamantes numa bolsa presa à cintura sob as roupas de baixo com franjas, que tinham um significado sagrado incompreensível — na verdade, lhe pareciam ridículas — para aquele menino cada vez menos religioso, mesmo depois que seu pai lhe explicou por que motivo os hassídicos ainda usavam os trajes de seus ancestrais europeus de dois séculos antes e viviam mais ou menos como eles, embora, como mais de uma vez ele tivesse argumentado com o pai, eles agora estivessem na América e tivessem liberdade de se vestir e fazer a barba e agir tal como quisessem. Quando um dos sete filhos do comerciante de diamantes se casou, ele convidou toda a família para o casamento no Brooklyn. Todos os homens lá usavam barbas, todas as mulheres estavam de peruca, e homens e mulheres ficavam sentados em lados diferentes da sinagoga, separados por uma parede — depois da cerimônia, os homens e as mulheres nem sequer dançavam uns com os outros. Ele e Howie acharam tudo detestável naquele casamento. Quando o comerciante chegava na loja, ele retirava o casacão, mas continuava de chapéu, e os dois homens sentavam-se atrás do mostruário e tinham uma conversa agradável em iídiche, o idioma que os pais de seu pai, seus avós, continuaram a falar nas casas em que moravam com os filhos, já nascidos em território americano, até morrerem. Mas, quando chegava a hora de examinar os diamantes, os dois iam para a saleta dos fundos, com o chão forrado de linóleo, onde havia um cofre, uma bancada e — uma grudada na outra, atrás de uma porta que nunca se fechava por completo, mesmo quando se conseguia com muito esforço prender o gancho do lado de dentro — uma privada e uma pia minúscula. Seu pai sempre pagava à vista, com um cheque.

Depois de fechar a loja com a ajuda de Howie — baixar a grade com os cadeados sobre a vitrine, acionar o alarme antir-roubo, passar todas as trancas na porta da frente —, seu pai foi visitar o filho mais novo no hospital, e o abraçou.

Ele estava lá quando o dr. Smith apareceu e se apresentou. O cirurgião estava de terno e não de jaleco branco, e seu pai levantou-se de repente assim que o viu entrar. "É o doutor Smith!", exclamou.

"Então este é o meu paciente", disse o dr. Smith. "Pois bem", disse ele ao menino, aproximando-se da cama e segurando-o no ombro com firmeza, "nós vamos consertar essa hérnia amanhã e você vai ficar novinho em folha. Em que posição você gosta de jogar?", perguntou.

"Na ponta."

"Pois é, você vai estar jogando na ponta logo, logo. Vai poder jogar o que quiser. Durma bem que amanhã a gente se vê."

Ousando brincar com o eminente cirurgião, seu pai disse: "E o senhor durma bem também".

Quando chegou o jantar, seus pais sentaram-se a seu lado e conversaram com ele como se estivessem todos em casa. Falavam em voz baixa para não perturbar o menino doente e os pais dele, que agora estavam calados, a mãe ainda sentada a seu lado e o pai andando sem parar de um lado para outro ao pé da cama, depois saindo até o corredor e voltando. Desde que seus pais haviam chegado, o menino do leito ao lado não havia sequer se mexido.

Às 7h55, uma enfermeira pôs a cabeça dentro do quarto para anunciar que o horário de visita havia terminado. Os pais do outro menino mais uma vez conversaram em iídiche e, depois que a mãe deu vários beijos na testa do menino, eles saíram. Lágrimas escorriam pelo rosto do pai.

Então seus pais também se levantaram, para voltar para casa, onde seu irmão os esperava, e jantar mais tarde que de costume, na cozinha, sem ele. Sua mãe o beijou e abraçou bem apertado. "Você vai conseguir, meu filho", disse o pai, abaixando-se para beijá-lo também. "É como quando eu mando você ir a algum lugar de ônibus, ou fazer alguma coisa na loja. Seja o que for, você nunca me decepciona. Confiáveis — meus dois filhos são tão confiáveis! Fico todo orgulhoso quando penso nos meus filhos. Você sempre faz o que tem que fazer direitinho, com todo o capricho, todo o cuidado, porque foi assim que eu ensinei. Você vai e volta de Newark com o bolso cheio de diamantes de um quarto de quilate, de meio quilate, com a sua idade, sem nenhum problema. Quem vê acha que você não está levando nada mais caro que uma bobagem dessas que vêm numa caixa de pés de moleque. Pois, se você pode fazer esse serviço, também pode enfrentar isto aqui. É só mais um serviço pra você. Faça o que tem que fazer, leve a coisa até o fim, que amanhã vai estar tudo terminado. Quando derem o sinal, você começa a lutar. Certo?"

"Certo", disse o menino.

"Quando a gente voltar a se ver amanhã, o doutor Smith já vai ter consertado esse negócio, e tudo vai estar bem."

"Certo."

"Esses meus filhos são demais!"

Então os pais foram embora e ele ficou sozinho com o menino do leito ao lado. Estendeu a mão em direção à mesa de cabeceira, onde sua mãe havia empilhado os livros, e começou a ler *A família Robinson*. Depois experimentou *A ilha do tesouro*. Depois *Kim*. Depois pôs a mão debaixo das cobertas para procurar a hérnia. O inchaço havia desaparecido. Ele sabia, com base na experiência, que havia dias em que o inchaço desaparecia por algum tempo, mas desta vez tinha certeza de que a coisa tinha sumido em caráter definitivo e que ele não precisava mais da operação. Quando veio uma enfermeira tirar sua temperatura, ele não sabia como lhe dizer que a hérnia havia desaparecido e que seus pais deveriam ser chamados para o levarem de volta para casa. A enfermeira olhou com aprovação para os títulos dos livros que ele havia trazido, e disse que ele podia sair da cama para ir ao banheiro, mas que, fora isso, devia ficar lendo na cama até ela voltar para apagar as luzes. Não disse nada a respeito do outro menino, que — ele tinha certeza — ia morrer.

De início, não adormeceu porque ficou esperando que o outro menino morresse, e depois porque não conseguia parar de pensar no corpo do afogado que o mar tinha largado na praia no último verão. Era o corpo de um marinheiro de um navio-tanque torpedeado por um submarino alemão. A guarda costeira havia encontrado o corpo em meio aos restos de óleo e pedaços de engradados na praia que ficava a apenas um quarteirão da casa em que ele e os três outros membros de sua família, todo verão, alugavam um quarto por um mês. Na maioria das vezes, a água estava límpida, e ele não se preocupava com a possibilidade de um afogado esbarrar nas suas pernas nuas ao entrar no mar. Mas no dia em que o óleo dos navios-tanques torpedeados cobriu a areia e grudou nas solas de seus pés quando foi caminhar na praia, passou a apavorá-lo a ideia de tropeçar num cadáver. Ou de esbarrar num sabotador que viera até a costa trabalhar para Hitler. Armados com fuzis ou submetralhadoras, soldados da guarda costeira patrulhavam a praia dia e noite para impedir que sabotadores desembarcassem naqueles quilômetros de costa deserta. No entanto, alguns conseguiram entrar furtivamente sem ser apanhados, e sabia-se que eles, juntamente com americanos nativos que simpatizavam com o nazismo, estavam em comunicação com submarinos alemães que rondavam as rotas marinhas da Costa Leste e estavam afundando navios ao largo do litoral de Nova Jersey desde o início da guerra. A guerra estava mais próxima do que as pessoas imaginavam, a guerra e seus horrores. Seu pai havia lido que as águas de Nova Jersey eram "o pior cemitério de navios" de toda a costa norte-americana, e agora, no hospital, ele não conseguia fazer com que a palavra "cemitério" parasse de atormentá-lo, nem conseguia tirar da cabeça a imagem do cadáver inchado que a guarda costeira removera da estreita faixa de água em que fora encontrado, enquanto ele e o irmão assistiam à cena do deque.

Algum tempo depois de adormecer, despertou com ruídos no quarto, e viu que a cortina que separava os dois leitos havia sido puxada de modo a isolar a outra cama, e que havia médicos e enfermeiras trabalhando do outro lado — ele via seus vultos se mexendo e ouvia-os cochichando. Uma das enfermeiras, ao sair de trás da cortina, dando-se conta de que ele estava acordado, aproximou-se e disse-lhe em voz baixa: "Vá dormir. Amanhã vai ser um dia importante". "O que houve?", ele perguntou. "Nada", respondeu a enfermeira, "estamos mudando os curativos dele. Feche os olhos e durma."

Foi despertado cedo na manhã seguinte para a operação, e já encontrou a mãe ali no hospital, sorrindo para ele ao pé da cama.

"Bom dia, meu amor. Como é que vai o meu menino corajoso?"

Olhando para o outro leito, viu que haviam retirado a roupa de cama. Nada poderia ter deixado mais claro o que havia acontecido que a visão daquele colchão nu e dos travesseiros sem fronha empilhados no meio da cama vazia.

"Aquele garoto morreu", disse ele. Era um fato memorável ele tão pequeno já estar no hospital, porém era mais memorável ainda ter presenciado uma morte. A primeira fora o cadáver inchado; a segunda, aquele menino. Durante a noite, quando acordou e viu os vultos se mexendo do outro lado da cortina, não pôde conter o pensamento: os médicos estão matando o garoto.

"Acho que ele foi removido, meu amor. Foi levado para outro andar."

Nesse exato momento vieram dois serventes para conduzi-lo à sala de operações. Quando um deles lhe disse para ir ao banheiro, a primeira coisa que fez quando a porta se fechou foi verificar se a hérnia havia mesmo sumido. Porém o inchaço estava lá. Agora não havia como escapar da operação.

Deixaram sua mãe caminhar ao lado da maca apenas até o elevador que o levaria para o andar onde ficava a sala de operações. Os serventes o conduziram para dentro do elevador, que desceu, e depois a porta se abriu para um corredor de uma feiura chocante, que levava à sala de operações, onde o dr. Smith estava com uma beca cirúrgica e uma máscara branca que o transformavam por completo — talvez até não fosse o dr. Smith. Talvez fosse uma pessoa totalmente diferente, alguém que não era filho de uma família de imigrantes pobres chamada Smulowitz, alguém a respeito de quem seu pai nada sabia, alguém que tinha apenas entrado na sala de operações e pegado uma faca. No momento de terror em que colocaram a máscara de éter sobre seu rosto como se para sufocá-lo, ele seria capaz de jurar que ouvira o cirurgião, fosse quem fosse, cochichando: "Agora eu vou transformar você em menina".

O mal-estar começara poucos dias depois de voltar para casa após um mês de férias, as mais felizes que ele tivera desde o tempo em que sua família ia para a casa de praia em Nova Jersey, antes da guerra. Ele passara o mês de agosto numa casa tosca, parcamente mobiliada, afastada da praia, em Martha's Vineyard, com a mulher que era sua amante constante havia dois anos. Antes, jamais tinham ousado experimentar morar juntos, dia após dia, e a tentativa dera certíssimo, fora um mês maravilhoso, nadando e caminhando e fazendo sexo sem compromisso a qualquer hora do dia. Atravessavam uma baía a nado, chegando a um istmo cheio de dunas, onde podiam deitar-se ao sol, escondidos, trepar e depois espreguiçar-se, vestir as roupas de banho e voltar nadando até a praia, para recolher mexilhões nas pedras e levá-los para o jantar num balde cheio de água do mar.

Os únicos momentos desconfortáveis eram à noite, quando caminhavam juntos ao longo da praia. O mar escuro a rugir imponente e o céu a esbanjar estrelas faziam Phoebe entrar em êxtase, porém o assustavam. A abundância de estrelas lhe dizia de modo inequívoco que ele estava fadado a morrer, e o trovão do mar a poucos metros de distância — e o pesadelo daquele negrume mais negro sob o frenesi das águas — lhe davam vontade de fugir correndo daquela ameaça de aniquilamento para a casinha de praia acolhedora, iluminada e quase sem móveis. Não era assim que ele encarava a imensidão do mar e do céu noturno no tempo em que servira bravamente a marinha, logo depois da guerra da Coreia — naquela época, mar e céu não eram para ele sinos fúnebres. Não conseguia entender de onde vinha aquele medo, e precisava de todas as suas forças para ocultá-lo de Phoebe. Por que estaria inseguro sobre sua vida, justamente agora que a dominava mais que em qualquer outro momento dos últimos anos? Por que se imaginava próximo da extinção quando um raciocínio tranquilo e objetivo lhe dizia que ainda tinha muita vida sólida pela frente? No entanto, a coisa se repetia todas as noites quando caminhavam à beira-mar sob a luz das estrelas. Ele não era extravagante, nem deformado, nem exagerado em nenhum sentido — por que então, com a idade em que estava, o atormentava a ideia de morrer? Era um homem razoável e bom, simpático, moderado, trabalhador, com o que provavelmente concordariam todos os que o conheciam bem, com exceção, é claro, da mulher e dos dois filhos que ele deixara para trás e que, como era compreensível, não conseguiam ver como razoável e boa sua decisão de abandonar um casamento fracassado e procurar outra mulher que lhe proporcionasse a relação íntima que ele tanto desejava.

A maioria das pessoas, ele pensava, o consideraria um sujeito quadrado. Quando jovem, ele próprio se considerava quadrado, tão convencional e desprovido de espírito de aventura que, concluído o curso de belas-artes, em vez de tentar estabelecer-se por conta própria como pintor e viver de bicos — o que era sua ambição secreta —, resolveu, para ser um bom filho, atendendo mais à vontade dos pais que a seus próprios desejos, casar-se, teve filhos e começou a trabalhar em publicidade para ter segurança financeira. Nunca se considerou nada mais que um ser humano comum, e teria dado qualquer coisa para que seu casamento durasse a vida inteira. Ao se casar, não era outra a sua expectativa. Porém o casamento se tornou uma prisão para ele, e assim, depois de muitos pensamentos tortuosos que o ocupavam enquanto trabalhava e nas horas em que deveria estar dormindo, começou, aos poucos e com muito sofrimento, a se preparar para pular fora. Não é isso que um ser humano comum faria? Não é isso que fazem seres humanos comuns todos os dias? Ao contrário do que sua mulher dizia a todos, ele não ansiava pela perspectiva de ficar livre para fazer o que lhe desse na veneta. Nada disso. Ansiava por algo estável, ao mesmo tempo em que detestava o que tinha. Não era o tipo de homem que gosta de ter duas vidas. Não tinha nada contra as limitações nem contra os confortos do conformismo. Queria apenas esvaziar sua mente de todos os pensamentos ruins gerados pela vergonha de uma guerra conjugal prolongada. Não pretendia ser ninguém excepcional. Era apenas vulnerável, frágil e confuso. E convicto de seu direito, como ser humano comum, de terminar sendo perdoado por todas as privações que tivesse causado a seus filhos inocentes por não querer viver enlouquecido a metade do tempo.

Encontros apavorantes com o fim? Estou com trinta e quatro anos! Vá se preocupar com o fim, dizia ele a si próprio, quando estiver com setenta e cinco! No futuro remoto você terá todo o tempo para sofrer pensando na catástrofe final!

Mas tão logo voltou para Manhattan com Phoebe — onde moravam em apartamentos separados por cerca de trinta quarteirões —, ele adoeceu misteriosamente. Perdeu o apetite e a energia, e passava o dia todo com náusea; não conseguia andar uma quadra sem se sentir fraco e enjoado.

O médico não conseguiu achar nada de errado nele. Após o divórcio, ele começara a frequentar um psicanalista, o qual atribuiu seu mal-estar à inveja que sentia por um outro diretor de arte que acabara de ser promovido ao cargo de vice-presidente da agência.

"É isso que deixa você doente", disse o analista.

Ele argumentou que seu colega era doze anos mais velho e era um colega de trabalho generoso, a quem ele desejava tudo de bom, porém o analista continuou a insistir que uma "inveja profundamente arraigada" seria a verdadeira causa da doença, e quando as circunstâncias provaram que seu diagnóstico estava errado, ele pareceu não se incomodar nem um pouco por ter se equivocado.

Ele foi ao consultório várias vezes nas semanas seguintes, embora normalmente só procurasse o médico por um outro problema de menor gravidade uma vez a cada dois anos. Porém tinha perdido peso, e os acessos de náusea estavam piorando. Nunca se sentira tão mal na vida, nem mesmo logo depois que abandonou Cecilia e os dois meninos pequenos, quando teve início uma batalha legal em torno dos termos da separação e o advogado de Cecilia o caracterizou em juízo como "um notório mulherengo" por ele estar tendo um caso com Phoebe, recentemente contratada como redatora na agência (e que foi mencionada no tribunal pela querelante, sentada no banco das testemunhas — indignada, arrasada, como se estivesse levantando acusações contra o marquês de Sade — como "o número trinta e sete no desfile de namoradas dele", quando na verdade aquilo era apenas uma antevisão do futuro, pois Phoebe não passava do número dois). Naquela ocasião, ao menos havia uma causa reconhecível para toda a infelicidade que sentia. Mas o que estava acontecendo agora o estava transformando da noite para o dia de uma pessoa que vendia saúde em alguém que adoecia de modo inexplicável.

Passou-se um mês. Ele não conseguia mais se concentrar no trabalho; parou de nadar todas as manhãs; não podia sequer olhar para comida. Numa tarde de sexta-feira, saiu do trabalho mais cedo, pegou um táxi e foi para o consultório do médico sem haver marcado consulta, sem nem mesmo telefonar antes. Só ligou para Phoebe, para lhe dizer o que estava fazendo.

"Me interne num hospital", disse ele ao médico. "Acho que estou morrendo."

O médico fez os preparativos, e Phoebe já estava na recepção do hospital quando ele chegou. Às cinco da tarde levaram-no para um quarto, e logo antes das sete um homem de meia-idade, alto, bronzeado e bonitão, de *smoking*, entrou dizendo ser o cirurgião que havia sido chamado pelo seu médico para examiná-lo. Estava de saída para um jantar, porém resolvera dar uma passada para fazer um exame rápido. O que fez foi apertar com muita força o seu ventre, no lado direito, logo acima da virilha.

Ao contrário do seu médico, o cirurgião apertou com insistência, e a dor se tornou insuportável. Ele estava quase a ponto de vomitar. O cirurgião perguntou: "Você nunca teve dores de estômago antes?" "Não", ele respondeu. "Pois bem, é o seu apêndice. Você precisa ser operado." "Quando?" "Agora."

Só voltou a ver o cirurgião na sala de operação. Ele havia trocado o *smoking* por um jaleco. "Você me salvou de um banquete chatíssimo", disse.

Só acordou na manhã seguinte. Ao pé da cama viu, ao lado de Phoebe, seu pai e sua mãe, muito sérios. Phoebe, que eles não conheciam (senão pelas descrições pejorativas feitas por Cecilia, por diatribes telefônicas que terminavam com "Eu tenho pena dessa pirralha que vai me substituir — eu realmente tenho pena dessa piranha quacre!"), havia telefonado para eles, e os dois vieram imediatamente de Nova Jersey. Ele tinha a impressão de que um enfermeiro estava tentando com dificuldade enfiar uma espécie de tubo em seu nariz, ou talvez tentasse tirá-lo. Ele pronunciou suas primeiras palavras — "Não faça merda!" — e em seguida perdeu a consciência outra vez.

Sua mãe e seu pai estavam sentados quando ele voltou a si. Ainda pareciam atormentados e, além disso, exaustos.

Phoebe estava numa cadeira ao lado da cama, segurando-lhe a mão. Era uma jovem pálida e bonita, cuja aparência delicada não traía sua serenidade e firmeza. Não manifestava nenhum temor, e não permitia que sua voz exprimisse tal sentimento.

Phoebe conhecia muito bem o sofrimento físico, devido às dores de cabeça terríveis a que não dera importância quando estava na faixa dos vinte anos, mas que percebeu serem enxaquecas quando se tornaram regulares e frequentes depois dos trinta. Por sorte, conseguia dormir durante os ataques, mas assim que abria os olhos, assim que recuperava a consciência, lá estava aquela dor incrível de um dos lados da cabeça, a pressão sobre o rosto e o queixo, e atrás da órbita a sensação de um pé a esmagar seu olho. As enxaquecas começavam com espirais de luz, pontos luminosos a rodopiar diante de seus olhos quando ela os fechava, e em seguida vinha uma desorientação acompanhada de tontura, dor, náusea e vômitos. "É como se a gente estivesse fora deste mundo", ela lhe explicava depois. "A única coisa que sinto no meu corpo é a pressão na cabeça." Tudo que ele podia fazer era pegar a panela grande na qual ela vomitava e em seguida lavá-la no banheiro, depois voltar ao quarto na ponta dos pés e recolocá-la ao lado da cama para que ela pudesse voltar a usá-la quando a náusea se manifestasse outra vez. Durante o período de vinte e quatro ou quarenta e oito horas que durava um acesso, ela não suportava nenhuma presença no quarto escurecido, nem tampouco o menor filete de luz por entre as persianas. E não havia remédio que fizesse efeito. Com ela, nenhum funcionava. Quando tinha início a enxaqueca, não havia como detê-la.

"O que aconteceu?", ele perguntou a Phoebe.

"Apendicite. Você já está doente há um bom tempo."

"Eu estou muito mal?", ele indagou, com voz débil.

"A peritonite é séria. Você está com drenos no corte. Eles estão drenando. Você está tomando muito antibiótico. Vai se recuperar. A gente ainda vai voltar a atravessar a baía a nado."

Era difícil acreditar nisso. Em 1943, seu pai quase morrera de uma apendicite que não fora diagnosticada e que causara uma peritonite grave. Ele tinha quarenta e dois anos e dois filhos pequenos, e passou no hospital — sem trabalhar — trinta e seis dias. Quando voltou para casa, estava tão fraco que mal conseguiu subir os poucos degraus que levavam ao apartamento e, depois que sua mulher o ajudou a chegar até o quarto, ele sentou-se na beira da cama e lá, pela primeira vez na presença dos filhos, não resistiu e chorou. Onze anos antes, seu irmão Sammy, o caçula adorado de oito filhos, havia morrido de apendicite aguda quando cursava o terceiro ano da faculdade de engenharia. Estava com dezenove anos, tendo entrado na faculdade aos dezesseis, e sua ambição era se tornar engenheiro aeronáutico. Apenas três dos oito filhos tinham chegado a concluir o secundário, e Sammy era o primeiro e único a entrar na faculdade. Seus amigos eram os garotos mais inteligentes do bairro, todos filhos de imigrantes judeus, que se reuniam regularmente um na casa do outro para jogar xadrez e ter debates acalorados sobre política e filosofia. Sammy era o líder do grupo, era corredor na equipe esportiva da escola, era um gênio em matemática e tinha uma personalidade exuberante. Foi o nome de Sammy que seu pai ficou repetindo enquanto chorava no quarto, ao constatar atônito que havia voltado para o seio da família que chefiava.

O tio Sammy, seu pai, agora ele — o terceiro a ser derrubado por uma apendicite seguida de peritonite. Durante os dois dias que se seguiram, enquanto ele perdia a consciência e a recuperava, não estava claro se ia terminar como o tio ou como o pai.

Seu irmão veio de avião da Califórnia no segundo dia, e quando abriu os olhos e o viu ao lado da cama, uma presença enorme e suave, imperturbável, confiante, alegre, pensou: não posso morrer enquanto Howie estiver aqui. Howie abaixou-se para beijá-lo na testa, e foi só ele sentar-se ao lado da cama e segurar a mão do doente para que o tempo parasse, o presente desaparecesse e ele voltasse à infância, voltasse a ser um menino, protegido das preocupações e temores pelo irmão generoso que dormia na cama ao lado da sua.

Howie ficou com ele por quatro dias. Nesse período, ele às vezes ia até Manila, de lá a Cingapura e Kuala Lumpur, e depois voltava. Havia começado a trabalhar na Goldman Sachs como office boy, em pouco tempo se tornou o manda-chuva da mesa de câmbio e começou a investir em ações. Terminou fazendo arbitragem cambial para multinacionais e grandes empresas estrangeiras — vinícolas francesas, fabricantes de câmaras fotográficas na Alemanha Ocidental e de automóveis no Japão, para as quais transformava francos, marcos alemães e ienes em dólares. Viajava com frequência para se reunir com os clientes, e continuava a investir nas companhias que o interessavam; aos trinta e dois anos ele já tinha seu primeiro milhão.

Howie despachou os pais para casa, para que descansassem, e ficou com Phoebe enquanto o irmão passava pelos piores momentos da recuperação, disposto a só voltar para casa quando o médico lhe garantisse que a crise havia chegado ao fim. Na última manhã, Howie lhe disse, em voz baixa: "Desta vez você arranjou uma garota legal. Não vá fazer uma besteira. Não deixe esta moça ir embora".

Ele pensou, feliz por haver sobrevivido: como pode uma pessoa ter uma vontade de viver tão contagiante quanto Howie? Que sorte a minha ter um irmão como ele!

Passou trinta dias no hospital. As enfermeiras eram, de modo geral, jovens simpáticas e conscienciosas, que falavam com sotaque irlandês e sempre pareciam ter tempo para conversar um pouco quando vinham cuidar dele. Phoebe vinha direto do trabalho para jantar em seu quarto todas as noites; ele não podia sequer imaginar como seria estar doente e dependente daquele jeito, enfrentando a experiência irreal da doença, sem contar com a ajuda dela. Seu irmão não precisava ter dito para não deixá-la ir embora; ele jamais se sentira tão decidido a ficar com alguém.

Pela janela, via as folhas das árvores amarelecendo à medida que passavam as semanas de outubro; e, quando o cirurgião veio visitá-lo, ele perguntou: "Quando é que vou sair daqui? Estou perdendo o outono de 1967". O cirurgião ouviu sua pergunta com uma expressão muito séria e depois, sorrindo, respondeu: "Então você ainda não entendeu? Foi por um triz que você não perdeu tudo".

* * *

Passaram-se vinte e dois anos. Vinte e dois anos de saúde de ferro, com a autoconfiança ilimitada que a saúde traz — vinte e dois anos livre do adversário que é a doença e a calamidade sempre à espreita nos bastidores. Tal como dissera a si próprio daquela vez, caminhando à luz das estrelas em Martha's Vineyard com Phoebe, ele se preocuparia com o fim quando estivesse com setenta e cinco anos.

Havia mais de um mês, ele ia a Nova Jersey todos os dias após o trabalho para ver seu pai, que estava morrendo. Numa tarde de agosto em 1989, sentiu muita falta de ar na piscina do City Athletic Club. Tinha voltado de Nova Jersey cerca de meia hora antes, e decidiu nadar um pouco para recuperar a tranquilidade antes de voltar para casa. Costumava nadar um quilômetro e meio no clube todas as manhãs. Não bebia quase nada, jamais fumara e tinha exatamente o mesmo peso desde o dia em que voltara para casa depois de servir na marinha, em 1957, e começara a trabalhar em publicidade. O episódio da apendicite e peritonite lhe ensinara que ele estava tão exposto a uma doença grave quanto qualquer outra pessoa, mas a ideia de que ele, levando uma vida saudável desde sempre, terminasse precisando de uma cirurgia no coração lhe parecia um absurdo. Isso simplesmente não ia acontecer.

Porém não havia conseguido terminar a primeira volta quando foi obrigado a encostar-se à beira da piscina e permanecer ali, totalmente sem fôlego. Saiu da piscina e ficou sentado com as pernas dentro d'água, tentando acalmar-se. Tinha certeza de que a falta de ar era consequência de ter visto como o estado de seu pai havia se deteriorado nos últimos dias. Mas na verdade era a sua própria saúde que se havia deteriorado, e quando foi ao médico no dia seguinte o eletrocardiograma acusou mudanças radicais que indicavam uma oclusão grave nas artérias coronárias principais. Naquele mesmo dia foi internado na unidade coronariana de um hospital em Manhattan, após a realização de um angiograma que indicou ser inevitável a cirurgia. Suas narinas foram conectadas a um balão de oxigênio, e uma série de terminais o ligaram ao monitor cardíaco atrás de sua cama. A única dúvida era se a operação devia se dar imediatamente ou na manhã seguinte. Já eram quase oito da noite, e portanto decidiu-se esperar. Porém no meio da noite ele acordou e viu que sua cama estava cercada por médicos e enfermeiras, tal como ocorrera com o menino no leito ao lado do seu quando ele tinha nove anos. Todos esses anos ele vivera, enquanto aquele menino estava morto — e agora ele era aquele menino.

Algum remédio estava sendo introduzido nele por via venosa, e ele tinha a vaga noção de que estavam tentando contornar uma crise. Não conseguia entender as palavras que a equipe trocava em murmúrios, e deve ter dormido logo em seguida, pois quando se deu conta do que estava acontecendo, já era o dia seguinte e ele estava numa maca, sendo levado à sala de operações.

Sua mulher na época — a terceira e última — não era nem um pouco parecida com Phoebe, e nas situações de emergência era uma verdadeira catástrofe. Não lhe inspirou nenhuma segurança na manhã da cirurgia, seguindo ao lado da maca aos prantos, torcendo as mãos, exclamando por fim de modo incontrolável: "E eu?".

Era uma moça jovem e jamais passara por aquilo; talvez tivesse a intenção de dizer algo diferente, porém ele entendeu que o que a preocupava era o que seria de seu destino se seu marido não sobrevivesse. "Uma coisa de cada vez", ele respondeu. "Primeiro me deixe morrer. Depois eu ajudo você a se recuperar."

A operação se estendeu por sete horas. Passou boa parte desse tempo ligado a uma máquina coração-pulmão que bombeava seu sangue e respirava por ele. Os médicos fizeram cinco pontes, e ele emergiu da cirurgia com uma ferida longa no centro do peito e uma outra que ia da virilha até o tornozelo direito — fora com a safena que haviam feito quase todas as pontes.

Voltando a si na sala de recuperação, encontrou um tubo enfiado em sua garganta que lhe dava a impressão de que ia sufocar. Aquele tubo era um horror, mas não havia como expressar esse fato à enfermeira que lhe dizia quem ele era e o que havia acontecido. Nesse momento perdeu a consciência, e quando voltou a si mais uma vez o tubo continuava a sufocá-lo; porém havia agora uma enfermeira a explicar que o tubo seria removido assim que ficasse claro que ele já podia respirar por conta própria. Olhou para o alto e viu o rosto de sua jovem esposa dando-lhe as boas-vindas ao mundo dos vivos, onde ele poderia voltar a cuidar dela.

Ele atribuíra à mulher uma única responsabilidade ao ser internado: retirar o carro da rua em que estava estacionado e colocá-lo numa garagem pública a um quarteirão de lá. Porém ela estava nervosa demais para realizar essa tarefa, e assim, como ele ficou sabendo depois, fora obrigada a pedir a um dos amigos dele que lhe fizesse esse favor. Ele só se deu conta de que o cardiologista estava atento para questões não estritamente médicas quando este o procurou, ainda durante o período de internação pós-operatório, para lhe dizer que não lhe daria alta se os cuidados que teria de receber em casa fossem administrados por sua esposa. "Não gosto de ter que dizer essas coisas, e isso na verdade não é da minha conta, mas todas as vezes que ela vem lhe fazer uma visita eu fico de olho. Ela é mais uma ausência que uma presença, e não tenho opção senão proteger meu paciente."

A essa altura, Howie já havia chegado. Tinha vindo da Europa, onde fora a trabalho e também para jogar polo. Agora ele esquiava, praticava tiro ao prato e polo aquático, além de polo a cavalo, tendo se tornado perito nessas atividades no *grand monde* muitos anos depois de terminar seus estudos na escola secundária de classe média baixa em Elizabeth, onde, juntamente com os meninos católicos irlandeses e italianos cujos pais trabalhavam no cais do porto, jogava futebol americano no outono e praticava salto com vara na primavera, enquanto tirava notas tão boas que lhe garantiram uma bolsa na University of Pennsylvania e depois o ingresso na Wharton School, onde fez seu MBA. Embora seu pai estivesse morrendo no hospital em Nova Jersey e seu irmão se recuperando de uma cirurgia cardiovascular num hospital em Nova York — e passasse a semana viajando de um hospital ao outro —, o vigor de Howie jamais falhava, tal como sua capacidade de inspirar segurança. O apoio que a esposa, saudável e com trinta anos de idade, não era capaz de dar ao marido doente, de cinquenta e seis, era mais do que compensado pelo estímulo jovial proporcionado por Howie. Foi seu irmão que sugeriu contratar duas enfermeiras particulares — uma para o dia, Maureen Mrazek, e outra para a noite, Olive Parrott — para substituir a mulher, a quem ele passara a se referir como "essa modelo espetacularmente incompetente", e depois insistiu, vencendo a resistência do doente, em arcar ele próprio com os custos. "Você esteve muito doente, você passou por um inferno", disse Howie, "e, enquanto eu estiver vivo, não vai ter nada nem ninguém atrapalhando a sua recuperação. Isso é só um presente, para apressar a sua volta à saúde." Estavam os dois em pé, lado a lado, junto à porta do quarto. Howie falava com os braços musculosos em torno do irmão. Embora preferisse dar a impressão de estar muito acima dos sentimentos, seu rosto — que era quase uma réplica do rosto do irmão — não foi capaz de disfarçar a emoção quando ele disse: "Perder a mamãe e o papai é uma coisa que tenho que aceitar. Eu nunca poderia aceitar perder você". Então saiu e entrou na limusine que o aguardava lá embaixo para levá-lo ao hospital em Nova Jersey.

Olive Parrott, a enfermeira da noite, era uma negra grandalhona cujo porte, postura e tamanho lembravam Eleanor Roosevelt. O pai dela era dono de uma plantação de abacates na Jamaica, e sua mãe anotava num caderno, todas as manhãs, os sonhos dos filhos. Quando ele estava se sentindo mal e não conseguia dormir, Olive se instalava numa cadeira ao pé da cama e lhe contava histórias inocentes de seus tempos de criança na fazenda. Tinha um sotaque caribenho e uma bela voz, e suas palavras o tranquilizavam mais que as de qualquer outra mulher, desde o tempo em que sua mãe vinha visitá-lo no hospital depois da operação de hérnia. Fora uma ou outra pergunta dirigida a Olive, ele permanecia em silêncio, curtindo uma felicidade alucinada por estar vivo. Na verdade, ele escapara por um triz: ao ser internado, suas coronárias estavam entupidas, de noventa a noventa e cinco por cento, e a qualquer momento ele poderia sofrer um infarto fulminante, provavelmente fatal.

Maureen era uma ruiva sorridente e rechonchuda, que fora uma menina levada da breca numa família irlandesa-eslava no Bronx. Tinha uma maneira brusca de falar que manifestava a autoconfiança de uma proletária durona. Bastava vê-la quando ela chegava de manhã para que ele se sentisse mais animado, embora a exaustão pós-operatória fosse tão forte que o simples esforço de fazer a barba — e não em pé, mas sentado numa cadeira — o deixava esgotado; ele tivera de voltar para a cama e dormir um bom tempo depois de caminhar pela primeira vez no corredor do hospital com Maureen a seu lado. Era ela que telefonava para o médico de seu pai para mantê-lo informado a respeito do estado do moribundo, até ele recuperar as forças e poder conversar com o médico pessoalmente.

Howie decidira, de modo peremptório, que quando ele saísse do hospital, Maureen e Olive cuidariam dele (mais uma vez, pagas por Howie) em casa, pelo menos durante as duas primeiras semanas. Sua esposa, que não foi consultada, não gostou da decisão, que dava a entender que ela não era capaz de cuidar dele sozinha. Incomodava-a em particular a presença de Maureen, a qual não fazia nenhum esforço para disfarçar seu desprezo pela mulher do paciente.

Em casa, foram necessárias mais de três semanas para que o esgotamento começasse a diminuir e ele se sentisse preparado para ao menos pensar em retomar o trabalho. Depois do jantar, era obrigado a voltar para a cama, e não se levantava mais, só por causa do esforço de ter ficado algum tempo sentado para comer; de manhã, tomava banho de chuveiro sentado num banco de plástico. Começou a fazer uns exercícios suaves com Maureen, e todos os dias tentava andar dez metros mais do que na caminhada da véspera. Maureen tinha um namorado de quem sempre falava — um câmara de televisão com quem pretendia se casar assim que ele encontrasse um emprego permanente; e, quando largava o expediente no final do dia, gostava de tomar umas e outras com os frequentadores do bar da vizinhança, perto de sua casa em Yorkville. Fazia um tempo muito bom nessa época, e assim, quando iam caminhar na rua, ele ficava apreciando Maureen, de camisa polo justa, saia curta e sandálias de verão. Os homens a olhavam de alto a baixo o tempo todo, e quando esses olhares se tornavam ostensivos, ela fazia questão de revidar com um olhar ironicamente agressivo. Sua presença a seu lado o fazia sentir-se mais forte a cada dia, e ele voltava dessas caminhadas satisfeito com tudo, tirando, é claro, a esposa ciumenta, que batia a porta e às vezes se retirava do apartamento irritada poucos instantes depois que ele e Maureen entravam.

Ele não foi o primeiro paciente a se apaixonar pela enfermeira. Não foi nem mesmo o primeiro paciente a se apaixonar por Maureen. Ela tivera vários casos ao longo dos anos, alguns com homens que estavam em estado bem pior que o dele, e que, tal como ele, haviam conseguido se recuperar plenamente graças à sua vitalidade. Ela tinha o dom de tornar esperançosos os doentes, tão esperançosos que, em vez de fechar os olhos para excluir o mundo, eles os abriam bem abertos para contemplar aquela presença vibrante a seu lado, e desse modo se sentiam rejuvenescidos.

Maureen foi com ele a Nova Jersey quando seu pai morreu. Ele ainda não tinha permissão para dirigir, portanto ela se ofereceu e ajudou Howie a fazer os preparativos com a funerária, a Kreitzer's Memorial Home em Union. Seu pai se tornara religioso nos últimos dez anos de vida e, depois de se aposentar e perder a mulher, passou a frequentar a sinagoga pelo menos uma vez por dia. Muito antes de contrair a doença que viria a matá-lo, pediu ao rabino que realizasse sua cerimônia funerária inteiramente em hebraico, como se o hebraico fosse a resposta mais forte que podia ser dada à morte. Para seu filho mais moço, aquele idioma nada representava. Tal como Howie, ele parara de levar o judaísmo a sério aos treze anos — no domingo após o sábado em que se realizara seu *bar mitzvah* — e desde então não punha os pés numa sinagoga. Chegara mesmo a deixar em branco o item "religião" no formulário do hospital, pois temia que, se escrevesse "judeu", um rabino aparecesse em seu quarto com suas conversas de rabino. A religião era uma mentira que ele identificara ainda bem jovem, e todas as religiões pareciam-lhe insuportáveis, todas as superstições religiosas eram bobagens sem sentido, uma criancice; não suportava aquela total falta de maturidade — aquele vocabulário infantil, aquela santimônia e aqueles carneiros, os ávidos fiéis. Para ele, nada de conversa fiada a respeito da morte e Deus, nem fantasias obsoletas sobre o céu. A única coisa que havia era o corpo, nascido para viver e morrer conforme o que fora estabelecido pelos corpos que viveram e morreram antes. Se havia encontrado uma filosofia para seu próprio uso, era essa — ele a encontrara bem cedo e de modo intuitivo e, por mais básica que fosse, não havia mais nada além dela. Se algum dia escrevesse sua autobiografia, o título seria *Vida e morte de um corpo do sexo masculino*. Porém, depois de se aposentar, ele não tentou tornar-se escritor, e sim pintor, e por isso deu esse título a uma série de quadros abstratos.

Mas, se ele acreditava ou não, isso não teve a menor importância no dia em que seu pai foi enterrado ao lado de sua mãe, no cemitério maltratado que ficava à margem da rodovia expressa de Nova Jersey.

Acima do portão pelo qual a família entrou no trecho original do velho cemitério oitocentista havia um arco com o nome da associação que fundara o cemitério, escrito em hebraico; em cada extremidade do arco fora gravada uma estrela de seis pontas. A pedra dos dois pilares do portão estava muito quebrada e desgastada — pelo tempo e pelos vândalos — e havia um portão de ferro torto, com uma tranca enferrujada, que nem foi necessário empurrar para abrir, pois estava fora dos gonzos, já meio emperrado no chão. A pedra do obelisco pelo qual todos passaram — em que estavam inscritos textos em hebraico e os nomes dos membros da família enterrados ao pé do plinto — também havia sofrido muito a ação do tempo. Diante das fileiras amontoadas de lápides ainda em pé destacava-se o único mausoléu daquela seção, uma pequena estrutura de tijolo cuja porta de aço decorada com filigranas e duas janelas originais — que, na época em que as pessoas foram enterradas ali, certamente continham vitrais coloridos — haviam sido fechadas com blocos de concreto para impedir que as depredações fossem adiante, de modo que o pequeno prédio quadrado agora mais parecia um galpão abandonado ou um banheiro externo que não era mais usado que uma morada eterna condizente com a fama, a riqueza ou o status daqueles que o haviam construído para abrigar seus mortos. Lentamente, passaram por entre as lápides, a maioria das quais ostentava nomes em hebraico, porém em alguns casos viam-se também palavras em iídiche, russo, alemão, até mesmo húngaro. Eram, em sua maioria, marcadas com a estrela de davi, enquanto outras tinham uma decoração mais elaborada, duas mãos a abençoar, ou uma jarra, ou um candelabro de cinco braços. Nas sepulturas de crianças pequenas e recém-nascidas — e não eram poucas, embora menos numerosas que as de mulheres que haviam morrido na faixa dos vinte anos, muito provavelmente de parto — encontraram uma ou outra lápide encimada pela escultura de um cordeiro, ou então enfeitada com a imagem de um tronco de árvore cuja metade superior fora serrada; e enquanto seguiam em fila indiana pelos caminhos tortos, irregulares e estreitos do cemitério velho, em direção à parte nova, ao norte, que parecia um parque, onde o enterro iria se realizar, era possível — apenas naquele pequeno cemitério judaico, criado num campo na divisa entre os condados de Elizabeth e Newark por vários cidadãos de espírito comunitário, entre eles o pai do falecido, proprietário da joalheria mais querida de Elizabeth — contar quantos haviam morrido com a gripe espanhola, que matara dez milhões de pessoas em 1918.

Mil novecentos e dezoito: apenas mais um entre tantos *anni horribiles* cheios de cadáveres, que haverão de denegrir a memória do século XX para sempre.

Ele estava junto à sepultura, em meio a vinte e poucos parentes, com a filha à direita, segurando-lhe a mão, os dois filhos atrás, e a esposa ao lado da filha. O simples esforço de estar ali em pé, absorvendo o golpe que é a morte de um pai, era um desafio surpreendente à sua força física — ainda bem que Howie estava a seu lado esquerdo, segurando-o com firmeza pela cintura, para que não acontecesse nada de desagradável.

Nunca fora difícil entender seu pai e sua mãe. Eram pai e mãe. Quase não tinham outros desejos. Porém o espaço antes ocupado por seus corpos agora estava vazio. Aquela substancialidade que perdurara por toda sua existência terminara. O caixão de seu pai, uma caixa de pinho sem nenhum adorno, foi sendo baixado com correias de couro dentro da cova que havia sido cavada para ele ao lado do caixão de sua esposa. Ali o morto permaneceria ainda mais tempo do que havia passado vendendo joias, o que era um tempo bem respeitável. Ele abrira a loja em 1933, o ano em que nascera seu segundo filho, e livrara-se dela em 1974, após ter vendido alianças de noivado e casamento para três gerações de famílias de Elizabeth. Como conseguiu juntar o capital em 1933, como conseguiu encontrar *fregueses* em 1933 — tais coisas sempre foram mistérios para seus filhos. Mas fora por causa dos filhos que ele largara o emprego de vendedor de relógios na loja de Abelson, na Springfield Avenue, em Irvington, onde trabalhava das nove da manhã às nove da noite às segundas, quartas, sextas e sábados, e de nove às cinco às terças e quintas, para abrir sua própria lojinha em Elizabeth, com cinco metros de frente e um letreiro em negro na vitrine, o mesmo desde a abertura, que proclamava: DIAMANTES — JOIAS — RELÓGIOS e, embaixo, em letras menores: "Consertam-se relógios e joias". Aos trinta e dois anos de idade, começou a trabalhar sessenta, setenta horas por semana, agora para sua própria família, e não para a de Moe Abelson. Para atrair a numerosa população operária de Elizabeth e não assustar com seu nome judaico as dezenas de milhares de cristãos praticantes daquela cidade portuária, vendia fiado a qualquer um — desde que pagassem pelo menos trinta ou quarenta por cento à vista. Jamais verificava se um cliente tinha nome limpo na praça; desde que conseguisse tirar o preço de custo, deixava que o cliente voltasse depois para pagar uns poucos dólares por semana, ou até mesmo nem isso, e realmente não se importava. As vendas a crédito jamais o levaram à bancarrota, e a clientela que ganhou graças àquela flexibilidade acabou compensando. Enfeitava a loja com umas poucas peças de prata, para torná-la atraente — aparelhos de chá, bandejas, rescaldos, candelabros que ele vendia a preço de banana —, e na época de Natal sempre adornava a vitrine com uma cena de neve contendo um Papai Noel; mas seu golpe de gênio foi dar à loja não o seu próprio nome, e sim o nome Joalheria Para Todos, com o qual ela se tornou conhecida em todo o condado de Union pela multidão de pessoas comuns que formavam sua freguesia fiel, até que ele vendeu todo o estoque a um atacadista e se aposentou, aos setenta e três anos. "Para um trabalhador, comprar um brilhante é uma coisa séria", dizia ele aos filhos, "por menor que seja. A mulher dele usa para se enfeitar e também para ganhar status. E, quando ela faz isso, o marido não é mais só um encanador — é um homem casado com uma mulher que tem um brilhante. A mulher dele tem uma coisa que nunca vai acabar. Porque além da beleza, do status e do valor, um diamante é uma coisa eterna. Um pedaço da terra que é eterno, e uma simples mortal anda por aí com ele na mão!"

O motivo pelo qual ele largou a Abelson's, onde se dava por feliz por receber salário mesmo depois do *crash* da Bolsa e durante os piores anos da Depressão, o motivo pelo qual ousou abrir uma loja que fosse sua numa época tão difícil era muito simples; a todos que lhe perguntavam, e mesmo a quem não perguntava nada, ele explicava: "Tenho que ter alguma coisa para deixar pros meus dois meninos".

* * *

Havia duas pás verticalmente fincadas no monte de terra ao lado da cova. Ele achara que haviam sido deixadas ali pelos coveiros, que depois as usariam para encher a sepultura. Imaginara que, tal como havia ocorrido no enterro de sua mãe, cada um dos presentes se aproximaria da cova e jogaria um punhado de terra sobre o caixão, e depois todos iriam embora. Porém seu pai pedira ao rabino que realizasse os rituais judaicos tradicionais, e ele ficou sabendo então que, segundo a tradição, quem tinha de enterrar o caixão era a família, e não os empregados do cemitério ou qualquer outra pessoa. O rabino já havia avisado a Howie, mas Howie, por algum motivo, não lhe dissera nada, e assim ele ficou surpreso quando seu irmão, muito bem vestido, de terno escuro, camisa branca, gravata escura e sapatos pretos reluzentes, aproximou-se das pás, arrancou uma delas do monte e encheu-a até ela ficar transbordando de terra. Em seguida, foi até a sepultura com passos cerimoniosos, deteve-se por um momento, entregue a seus próprios pensamentos, e inclinando a pá um pouco deixou que a terra escorresse lentamente para dentro da cova. Ao cair sobre a tampa de madeira do caixão, a terra provocou aquele ruído que é recebido por ouvidos humanos como nenhum outro.

Howie voltou à pirâmide disforme de terra de mais de um metro de altura e nela enfiou a pá outra vez. Teriam que colocar toda aquela terra de volta dentro do buraco até que a sepultura de seu pai ficasse no nível do solo do cemitério.

Levaram quase uma hora fazendo isso. Os mais velhos dos parentes e amigos, incapazes de manejar a pá, ajudavam jogando punhados de terra sobre o caixão, e ele próprio não pôde fazer mais do que isso; assim, coube a Howie, os quatro filhos de Howie e os dois seus — seis homens vigorosos, com vinte e muitos ou trinta e poucos anos — assumir a tarefa pesada. Dois a dois, colocavam-se ao lado da pilha de terra e, com uma pá de cada vez, levavam a terra da pilha de volta para o buraco. Minutos depois, uma nova dupla vinha substituir a anterior, e ele teve a impressão, a certa altura, de que aquela tarefa não terminaria nunca, que ficariam para sempre ali enterrando seu pai. O máximo que ele podia fazer para participar da realidade brutal daquele enterro tanto quanto seu irmão, seus filhos e seus sobrinhos era permanecer à beira da cova e ver o caixão ser pouco a pouco recoberto de terra. Ali ficou até a terra chegar à altura da tampa, enfeitada apenas com uma estrela de davi entalhada, e continuou a ver a terra começando a cobrir a tampa. Seu pai ficaria não apenas dentro daquele caixão como também sob o peso de toda aquela terra, e de repente ele viu a boca do pai como se não houvesse caixão, como se a terra que estavam jogando dentro da cova estivesse caindo diretamente sobre ele, enchendo-lhe a boca, cegando-lhe os olhos, entupindo-lhe as narinas, fechando-lhe os ouvidos. Teve vontade de dizer a todos que parassem, que não prosseguissem — não queria que cobrissem o rosto de seu pai e fechassem as passagens pelas quais a vida entrava nele. Eu olho para esse rosto desde que nasci — parem de enterrar o rosto de meu pai! Porém eles haviam entrado no ritmo, aqueles rapazes fortes, e não podiam mais parar, não parariam nem se ele se jogasse dentro da sepultura e exigisse que o enterro fosse interrompido. Agora nada os deteria. Eles continuariam a jogar terra, enterrando a ele também, se tal fosse necessário para levar a cabo o serviço. Howie estava só assistindo agora, a testa coberta de suor, vendo os seis primos terminando o serviço num esforço atlético, com a meta já próxima, jogando terra a uma velocidade incrível, não como pessoas que pranteiam um morto e assumem o ônus de um ritual arcaico, e sim como trabalhadores de antigamente, alimentando com carvão uma fornalha.

A essa altura, muitos dos velhos estavam chorando e se amparando mutuamente. A pirâmide de terra havia desaparecido. O rabino avançou e, depois de alisar a superfície cuidadosamente com as mãos nuas, com um graveto delineou as dimensões da sepultura na terra solta.

Ele vira seu pai desaparecer do mundo centímetro por centímetro. Fora obrigado a acompanhar todo o processo até o final. Fora como uma segunda morte, não menos terrível que a primeira. De repente deu por si relembrando o jorro de emoção que o fez mergulhar cada vez mais fundo nas diferentes camadas de sua vida quando, no hospital, seu pai pegou cada um dos três netos pequenos pela primeira vez, pesando primeiro Randy, depois Lonny, e por fim Nancy, com o mesmo olhar expressivo de deleite perplexo.

"Você está bem?", perguntou Nancy, abraçando-o enquanto ele contemplava as linhas que o graveto traçara na terra, como se para uma brincadeira de criança. Ele a apertou com força e disse: "Estou bem, sim". Então suspirou, e chegou mesmo a rir, dizendo: "Agora sei o que é ser enterrado. Até hoje eu não sabia". "Nunca vi uma coisa tão apavorante na minha vida", disse Nancy. "Nem eu", disse ele. "É hora de ir embora", acrescentou, e em seguida, com ele, Nancy e Howie à frente, lentamente as pessoas foram saindo, embora ele não conseguisse sequer começar a esvaziar-se de tudo o que havia visto e pensado; sua mente dava meia-volta enquanto os pés se afastavam.

Como estava ventando na hora em que enchiam a sepultura, ele ainda sentia um gosto de terra na boca bem depois de saírem do cemitério e voltarem a Nova York.

Nos nove anos que se seguiram, sua saúde permaneceu estável. Duas vezes ele fora golpeado por crises súbitas, mas, ao contrário do menino no leito ao lado, escapara do desastre. Então, em 1998, quando sua pressão começou a subir e não ceder mesmo quando a medicação era modificada, os médicos concluíram que ele estava com uma estenose na artéria renal, que por enquanto, felizmente, só havia causado uma pequena perda da função dos rins; assim, foi internado para fazer uma angioplastia na artéria. Mais uma vez, porém, sua sorte funcionou, e o problema foi resolvido com a inserção de um *stent*, transportado por um cateter enfiado através de punção na artéria femural, passando pela aorta, até chegar à oclusão.

Ele estava com sessenta e cinco anos, recém-aposentado e divorciado pela terceira vez. Inscreveu-se no Medicare,* começou a receber sua aposentadoria e reuniu-se com o advogado para preparar um testamento. Preparar o testamento — era o que havia de melhor na velhice, talvez até mesmo na morte: redigir o testamento e, com o passar do tempo, atualizá-lo e pensar a sério na possibilidade de refazê-lo. Alguns anos depois, cumprindo a promessa que fizera a si próprio logo depois dos atentados de Onze de Setembro, mudou-se de Manhattan para Starfish Beach, uma comunidade de aposentados na costa de Nova Jersey, a poucos quilômetros da cidadezinha à beira-mar onde antigamente sua família passava uma parte do verão todos os anos. As casas de Starfish Beach eram bonitas, estruturas de um só andar forradas de ripas, com janelas grandes e portas de correr de vidro que davam para deques ao ar livre nos fundos; cada oito unidades formavam um conjunto semicircular com um jardim e um pequeno lago. Os quinhentos idosos que moravam nesses condomínios, que ocupavam uma área de mais de quarenta hectares, tinham a sua disposição quadras de tênis, um grande jar-

---

* Sistema de saúde federal para pessoas com sessenta e cinco anos ou mais, e para qualquer pessoa no caso de certas doenças. (N.T.)

dim comum com um galpão cheio de vasos, uma academia, uma agência postal, um centro social com salas para reuniões, um estúdio para trabalhos com cerâmica, uma oficina de carpintaria, uma pequena biblioteca, uma sala de informática com três computadores e uma impressora comum e um salão para palestras, espetáculos e as projeções de slides oferecidas por casais que voltavam de viagens ao estrangeiro. Havia uma piscina olímpica aquecida ao ar livre no centro da comunidade, bem como uma piscina interna menor, e também um restaurante razoável no pequeno shopping que ficava ao final da principal rua da localidade, juntamente com uma livraria, uma loja de bebidas, uma loja de presentes, uma agência bancária, um escritório de corretagem, uma imobiliária, uma firma de advocacia e um posto de gasolina. O supermercado era bem perto para quem ia de carro, e para os que ainda podiam andar, como era o caso da maioria dos moradores; a menos de um quilômetro ficava a praia oceânica, uma faixa larga de areia onde havia um salva-vidas a postos durante todo o verão.

Assim que se mudou para Starfish Beach, ele transformou a sala ensolarada de sua casa de três quartos num estúdio de pintor, e agora, diariamente, depois de uma hora caminhando seis quilômetros e meio à beira-mar, passava a maior parte do dia realizando sua velha ambição de pintar, uma rotina prazerosa que era tão emocionante quanto ele imaginava que seria. Não sentia falta de Nova York, apenas de Nancy, a filha cuja presença sempre o alegrava e que agora, divorciada e com dois filhos de quatro anos, não estava mais tão protegida quanto ele gostaria que estivesse. Depois que Nancy se divorciou, ele e Phoebe — um tão angustiado quanto o outro — haviam se tornado muito presentes, e separadamente tinham passado mais tempo com Nancy do que em qualquer momento desde o dia em que ela foi fazer faculdade no Meio-Oeste. Fora lá que ela conhecera o personagem lírico que se tornaria seu marido, um estudante de pós-graduação que manifestava desprezo pela cultura comercial, em particular pelo trabalho do pai dela, e que, ao se dar conta de que não era mais apenas membro de um casal tranquilo que gostava de ficar em casa ouvindo música de câmara e lendo nas horas vagas, e sim pai de gêmeos, achou insuportável o tumulto da vida doméstica de uma família jovem — especialmente para uma pessoa que precisava de ordem e silêncio para terminar seu primeiro romance — e acusou Nancy de ter causado aquela terrível catástrofe, ao viver se lamentando por ele impedi-la de dar vazão a seu instinto materno. Depois do trabalho e nos fins de semana, ele se afastava cada vez mais da confusão criada no apartamento apertado pelas necessidades das duas criaturinhas reivindicativas que ele fizera a loucura de pôr no mundo; e, quando por fim resolveu abandonar seu emprego numa editora — e seu papel de pai —, voltou para Minnesota com o propósito de recuperar a sanidade, retomar suas meditações e esquivar-se, tanto quanto possível, de toda e qualquer responsabilidade.

Pela vontade do pai, Nancy também teria se mudado com os gêmeos para a praia. Ela poderia ir ao trabalho de trem, deixando os meninos com babás e *baby-sitters* que cobrariam a metade do preço cobrado em Nova York, e ele estaria perto para cuidar deles também, para levá-los e buscá-los na escola maternal, tomar conta deles na praia, coisas assim. Pai e filha poderiam jantar juntos uma vez por semana e caminhar na praia aos sábados e domingos. Estariam todos morando perto do belo oceano e longe da ameaça da al-Qaeda. Um dia após a destruição das Torres Gêmeas, ele disse a Nancy: "Eu tenho uma preferência arraigada pela sobrevivência. Vou cair fora daqui". E apenas dez semanas depois, no final de novembro, mudou-se. A ideia de sua filha e seus netos serem vitimados por um atentado terrorista o atormentou durante os primeiros meses à beira-mar, embora, uma vez instalado lá, não sentisse mais nenhuma ansiedade quanto à sua própria situação e estivesse livre da sensação de estar se arriscando à toa que o importunara todos os dias, desde que a catástrofe subvertera a sensação de segurança de todos e introduzira um toque irrevogável de precariedade em suas vidas cotidianas. Estava apenas fazendo tudo o que era possível e razoável para permanecer vivo. Como sempre — e como quase todas as pessoas —, ele não queria que o fim viesse um minuto antes que o estritamente necessário.

No ano que se seguiu ao da inserção do *stent* renal, submeteu-se a outra cirurgia causada por mais uma estenose grave, dessa vez na carótida esquerda, uma das duas grandes artérias que vão da aorta até a base do crânio e fornecem sangue ao cérebro; se estenosadas, podem causar um derrame debilitante ou até mesmo a morte súbita. A incisão foi feita no pescoço, e a artéria que abastecia o cérebro foi pinçada para impedir que o sangue passasse por ela. Em seguida, foi aberta para que a placa que causava a estenose fosse raspada e removida. Teria sido bom não ter de enfrentar essa cirurgia delicada sozinho, mas Nancy mal conseguia dar conta do emprego e das exigências dos filhos sem um companheiro, e naquele momento não havia mais ninguém em sua vida a quem ele pudesse pedir ajuda. Tampouco queria perturbar a agenda alucinante de seu irmão para lhe falar a respeito da cirurgia e preocupá-lo, ainda mais porque ele sairia do hospital na manhã seguinte se não houvesse nenhuma complicação. Não era como a crise de peritonite nem a implantação de cinco pontes de safena — do ponto de vista médico, não era nada de extraordinário; pelo menos era isso que dizia o simpático cirurgião, o qual lhe garantiu que a endarterectomia da carótida era um procedimento cirúrgico vascular comum, que lhe permitiria retomar sua pintura dentro de um ou dois dias.

Assim, de manhã cedo pegou o carro e foi sozinho para o hospital. Ficou aguardando numa antessala com portas de vidro no andar das cirurgias, juntamente com mais dez ou doze homens de camisola hospitalar que estavam programados para a primeira rodada de operações daquele dia. Aquela sala provavelmente ficaria cheia daquele jeito até as quatro da tarde. A maioria dos pacientes sairia viva dali; e é claro que, no decorrer de algumas semanas, uns poucos talvez não escapassem; fosse como fosse, passavam o tempo lendo jornais, e quando o nome de um deles era chamado, o homem se levantava e ia para a sala de operações, passando o caderno do jornal que estava lendo para quem o pedisse. Era tal a tranquilidade que reinava ali que um observador poderia pensar que estavam aguardando a hora de ser atendidos pelo barbeiro, e não para que lhes abrissem a principal artéria que abastecia o cérebro.

A certa altura, o homem sentado a seu lado, depois de lhe entregar o caderno de esportes do jornal, começou a lhe falar em voz baixa. Devia ter quarenta e muitos ou cinquenta e poucos anos, porém sua tez era pálida e a voz não exprimia firmeza nem força. "Primeiro minha mãe morreu", disse ele, "e seis meses depois morreu meu pai; passaram-se oito meses e morreu minha única irmã; um ano depois, meu casamento desabou, e minha mulher levou tudo o que eu tinha. E foi justamente aí que comecei a imaginar um sujeito se virando para mim e dizendo: 'Agora vamos ter que cortar fora o seu braço direito também. O senhor acha que vai aguentar?'. E aí eles cortam meu braço direito. Depois eles voltam e dizem: 'Agora vamos ter que cortar fora o esquerdo'. Depois disso, eles voltam um dia e perguntam: 'Quer desistir? Já chega? Ou quer que a gente comece a atacar as suas pernas?'. E o tempo todo eu ficava pensando: quando, quando é que vou desistir? Quando é que vou enfiar a cabeça dentro do forno e abrir o gás? Quando é a hora de dizer 'chega'?

Foi assim que vivi com meu sofrimento por dez anos. Levou dez anos. E agora que o sofrimento finalmente passou, me aparece essa merda."

Quando chegou a sua vez, o sujeito a seu lado espichou o braço para pegar de volta o caderno de esportes, e ele foi levado por uma enfermeira à sala de operação. Lá dentro, meia dúzia de pessoas se movimentavam sob uma luz forte, fazendo os preparativos para a cirurgia. Ele não conseguiu identificar qual daquelas pessoas era o cirurgião. Teria ficado mais tranquilo se visse seu rosto simpático, mas ou ele ainda não havia entrado na sala, ou estava em algum canto onde não se podia vê-lo. Alguns dos médicos mais jovens já haviam colocado suas máscaras cirúrgicas, o que o fez pensar em terroristas. Um deles lhe perguntou se ele preferia anestesia geral ou local, como um garçom que quisesse saber se ele gostava mais de vinho tinto ou branco. Ficou confuso — por que a decisão a respeito da anestesia estava sendo tomada àquela altura? "Não sei. Qual é a melhor?", perguntou. "Para nós, a local. Dá para monitorar melhor a função do cérebro se o paciente está consciente." "Você está me dizendo que assim é mais seguro? É isso que você está dizendo? Então vou de local."

Foi um erro, um erro quase insuportável, porque a operação durou duas horas, sua cabeça ficou envolvida num pano de modo claustrofóbico, e as operações de corte e raspagem tiveram lugar tão perto de seu ouvido que ele podia escutar cada movimento feito pelos instrumentos, como se estivesse dentro de uma câmara de ecos. Mas não havia nada a fazer. Não havia como lutar. O jeito era suportar. Entregar-se à coisa pelo tempo que durasse.

Naquela noite ele dormiu bem, no dia seguinte estava ótimo e, ao meio-dia, quando mentiu, dizendo que um amigo estava lá embaixo a sua espera para levá-lo até em casa, deixaram-no sair; ele foi até o estacionamento e, com todo o cuidado, voltou para casa dirigindo. Quando chegou e sentou-se no estúdio para ver o quadro que em breve voltaria a pintar, começou a chorar de repente, tal como fizera seu pai ao voltar para casa depois de quase morrer de peritonite.

Mas agora, em vez de terminar, a coisa continuou; agora não se passava um ano sem que ele fosse hospitalizado. Filho de pais longevos, com um irmão seis anos mais velho que parecia tão saudável quanto no tempo em que jogava no time do colegial, ele estava ainda na casa dos sessenta quando sua saúde começou a ir a pique; seu corpo parecia estar o tempo todo ameaçado. Havia se casado três vezes, tivera amantes, filhos e um emprego interessante em que conhecera o sucesso, mas agora fugir da morte se tornara a ocupação principal de sua vida, e toda a sua história se resumia ao processo de decadência do corpo.

Um ano depois da cirurgia na carótida, fez um angiograma e o médico detectou que ele sofrera um infarto silencioso na parede posterior porque uma das pontes sofrera uma reestenose. A notícia deixou-o atônito, embora por sorte Nancy tivesse vindo de trem para acompanhá-lo até o hospital, e sua presença tranquilizadora ajudou-o a recuperar a equanimidade. Em seguida, o médico fez uma angioplastia e inseriu um *stent* na artéria descendente anterior, depois de desobstruí-la com um balão no lugar onde mais placas haviam se formado. Da mesa ele via o cateter avançando coronária adentro — havia tomado muito pouco sedativo e podia acompanhar todo o procedimento no monitor como se seu corpo pertencesse a outra pessoa. Um ano depois, sofreu mais uma angioplastia, e foi preciso instalar outro *stent* numa das pontes, que havia começado a se estreitar. No ano seguinte foi necessário colocar três *stents* de uma só vez — para reparar obstruções arteriais cuja localização era tal, conforme o médico lhe explicou depois, que a operação não foi nenhuma brincadeira.

Como sempre, para ocupar a cabeça, ficou evocando a loja do pai e os nomes das nove marcas de relógios de pulso e sete de relógios de parede das quais seu pai era distribuidor autorizado; ele não ganhava muito com a venda de relógios, porém sempre mantinha alguns em estoque porque havia um mercado constante para eles e porque os que ficavam na vitrine atraíam os passantes. O que ele fazia com essas lembranças durante cada uma de suas angioplastias era o seguinte: desligava-se dos comentários brincalhões que os médicos e enfermeiros sempre trocavam enquanto preparavam a cirurgia, do rock que se ouvia pelos alto-falantes instalados na sala gélida e estéril onde ele estava amarrado à mesa de operação em meio a todas aquelas máquinas assustadoras cuja função era manter os pacientes vivos, e a partir do momento em que começavam a anestesiar sua virilha e perfurar a pele para inserir o cateter, ele se distraía recitando em voz baixa as listas que pusera em ordem alfabética quando, ainda pequeno, começou a ajudar o pai na loja depois das aulas — "Benrus, Bulova, Croton, Elgin, Hamilton, Helbros, Ovistone, Waltham, Wittnauer" —, o tempo todo concentrando a atenção na aparência dos números no mostrador de cada relógio de pulso enquanto pronunciava o nome da marca, indo do número um até o número doze e depois retornando ao início. Então começava com os relógios de parede — "General Electric, Ingersoll, McClintock, New Haven, Seth Thomas, Telechron, Westclox" —, relembrando o estalido dos relógios de corda e o zumbido dos elétricos, até que por fim ouvia o médico dizendo que a operação havia terminado e tudo tinha corrido bem. O assistente do cirurgião, após pressionar a ferida, colocava um saco de areia sobre sua virilha para impedir o sangramento, e com o peso ali ele era obrigado a ficar imóvel no leito de hospital por mais seis horas. Não poder se mexer era o pior de tudo, curiosamente — por causa dos milhares de pensamentos involuntários que preenchiam aquelas horas que se arrastavam devagar —, mas na manhã seguinte, se tudo corresse bem durante a noite, traziam-lhe uma bandeja com um café da manhã intragável e uma pilha de instruções pós-angioplastia a serem seguidas; e às nove da manhã ele recebia alta. Em três ocasiões, quando chegou em casa e começou a despir-se rapidamente para tomar uma chuveirada mais que necessária, encontrou alguns discos adesivos para uso com eletrodos do eletrocardiógrafo ainda grudados em seu corpo, porque a enfermeira se esquecera de arrancá-los e jogá-los no lixo. Uma vez, no chuveiro, olhou para baixo e se deu conta de que ninguém havia retirado de seu braço arroxeado o cateter de soro, uma peça que chamam de gelco, e assim foi obrigado a vestir-se, pegar o carro e ir até o consultório de seu médico em Spring Lake para que retirassem o gelco antes que se tornasse um foco de infecção.

No ano que se seguiu à inserção dos três *stents*, ele se viu desacordado por um curto espaço de tempo sobre uma mesa de operações enquanto instalavam nele um desfibrilador em caráter permanente, para protegê-lo da situação nova que estava ameaçando sua vida e que, juntamente com a formação de uma cicatriz na parede posterior do coração e um volume cardíaco problemático, tornavam-no forte candidato a uma arritmia cardíaca fatal. O desfibrilador era uma caixa de metal fina, mais ou menos do tamanho de um isqueiro; foi colocado sob a pele, na parte superior do tronco, a alguns centímetros do ombro esquerdo, com os fios ligados a seu coração vulnerável, pronto para lhe administrar um choque a fim de corrigir o ritmo de suas batidas — e tapear a morte — se ele se tornasse perigosamente irregular.

Nancy também o acompanhou quando ele se submeteu a esse procedimento, e quando depois, já de volta ao quarto, ele baixou um lado da camisola hospitalar para lhe mostrar o volume visível do desfibrilador instalado, Nancy não conseguiu não desviar a vista. "Minha querida", disse ele, "é pra me proteger — não há motivo de preocupação." "Eu sei que é para proteger você. Ainda bem que existe esse negócio para proteger você. Mas é que me choca ver isso, porque", e nesse momento deu-se conta de que já tinha ido longe demais para inventar uma mentira tranquilizadora, "porque você sempre pareceu tão jovem." "Pois com isso vou ficar mais jovem do que sem isso. Vou poder fazer tudo que gosto de fazer, sem ficar me preocupando com o risco grave da arritmia." Mas Nancy estava pálida, sentindo-se impotente, e não conseguiu impedir que as lágrimas escorressem pelo rosto abaixo: queria que seu pai fosse tal como era quando ela tinha dez, onze, doze, treze anos, sem nenhuma limitação, nenhuma incapacidade — e ele também queria. Não era possível que Nancy desejasse tal coisa com tanta intensidade quanto ele, mas naquele momento sua própria dor era mais fácil de aceitar que a dela. Sentia um forte desejo de lhe dizer alguma coisa carinhosa para aliviar seus temores, como se, tal como antes, sua filha fosse mais vulnerável que ele.

Nunca parou de se preocupar com Nancy, e também nunca chegou a compreender como pôde ter uma filha como aquela. Não havia necessariamente feito as coisas apropriadas para que ela desse certo, mesmo que Phoebe as tivesse feito. Mas há pessoas assim, pessoas de uma bondade espetacular — milagres, na verdade —, e ele tinha a sorte incrível de ter uma dessas pessoas milagrosas e incorruptíveis como filha. Ficava perplexo quando olhava a seu redor e via tantos pais terrivelmente decepcionados — tal como ele se sentia decepcionado com os dois filhos homens, que continuavam a agir como se o que havia acontecido com eles jamais tivesse ocorrido antes ou depois com outras pessoas —, e ele tinha uma filha que era a melhor em tudo. Por vezes tinha a impressão de que tudo fora um erro, menos Nancy. Assim, preocupava-se com ela, e jamais conseguia passar por uma loja de roupas femininas sem pensar nela, entrar e encontrar algo que lhe agradaria; e pensou: tenho muita sorte; e pensou: alguma coisa de bom tem que aparecer em algum lugar, e apareceu nela.

Estava relembrando agora o curto período em que Nancy se destacou como corredora. Quando estava com treze anos, ficou em segundo lugar numa corrida de sua escola, só para meninas, uma corrida de três quilômetros, e viu a possibilidade de ter um desempenho excepcional em alguma coisa. Era boa em tudo o mais, mas aquilo era um tipo de brilho diferente. Por algum tempo, ele parou de nadar no clube todas as manhãs para poder correr com a filha de manhã cedo, e às vezes também ao final da tarde. Iam ao parque, e lá ficavam só os dois, suas sombras e a luz. A essa altura, Nancy já estava correndo na equipe da escola; e, num campeonato, enquanto fazia uma curva, sua perna fraquejou e ela caiu na pista, sentindo uma dor terrível. O que acontecera era algo que acontece com meninas na fase da puberdade — como os ossos ainda não estão inteiramente endurecidos nessa idade, o que numa mulher madura seria apenas um tendão distendido foi mais sério em seu caso: o tendão se sustentou, mas um pedaço de osso do quadril se quebrou. Juntamente com o treinador, ele levou Nancy para o pronto-socorro, onde ela sentiu muita dor e medo, especialmente quando lhe disseram que não havia nada a fazer, embora ao mesmo tempo lhe dissessem, o que era verdade, que ela ficaria boa naturalmente com o passar do tempo. Mas foi o fim de sua carreira esportiva, não apenas porque ela não se recuperaria antes do final da temporada, como também porque a puberdade logo chegou, e em pouco tempo seus seios aumentaram, os quadris se alargaram e desapareceu a velocidade de que ela era capaz com um corpo de criança. E aí, como se o abandono de sua carreira de desportista campeã e a alteração de seu físico não bastassem para derrubá-la, naquele exato ano ocorreu a catástrofe do divórcio de seus pais.

Quando se sentou no leito hospitalar do pai e chorou em seus braços, era por muitos motivos que chorava, um deles, sem dúvida, o fato de que ele a tinha abandonado quando ela estava com treze anos. Nancy fora até Starfish Beach para ajudá-lo, e aquela sua filha equilibrada e sensata foi obrigada a reviver as dificuldades que resultaram do divórcio e a confessar que jamais morrera em sua cabeça a fantasia de que seus pais viriam a se reconciliar, algo que passara a metade da vida esperando que acontecesse. "Mas não há como refazer a realidade", disse ele, em voz baixa, acariciando-a nas costas e nos cabelos, e balançando-a de leve nos braços. "O jeito é enfrentar. Segurar as pontas e enfrentar. Não há outra saída."

Era verdade, e o melhor que ele podia fazer — e era exatamente o que dissera à filha muitos anos antes, quando a abraçou no táxi, voltando para casa do pronto-socorro, enquanto ela soluçava de modo incontrolável por causa daqueles acontecimentos inexplicáveis.

Todos esses procedimentos e hospitalizações o haviam tornado um homem bem mais solitário e menos confiante do que fora durante o primeiro ano da aposentadoria. Até mesmo a paz e a tranquilidade a que dava tanto valor haviam se transformado numa espécie de prisão solitária a que ele próprio se condenara, e atormentava-o a ideia de que o fim estava próximo. Mas, em vez de voltar para a vulnerável Manhattan, resolveu combater a sensação de estranhamento proporcionada por suas mazelas físicas e aprofundar seu envolvimento com o mundo que o cercava. Com este fim, organizou duas aulas de pintura por semana para os moradores da comunidade, uma à tarde para principiantes e uma à noite para os que já tinham certa familiaridade com as tintas.

Havia cerca de dez alunos em cada turma, que adoravam se reunir no seu estúdio bem iluminado. Para a maioria deles, aprender pintura era um pretexto para estar ali, e estavam ali pelo mesmo motivo que o levara a dar aulas: para ter mais contatos prazerosos com outras pessoas. Apenas dois alunos eram mais velhos que ele e, embora se reunissem todas as semanas num clima de camaradagem e bom humor, o tema das conversas invariavelmente era doença e saúde, pois àquela altura a biografia de cada uma daquelas pessoas já se identificara com sua biografia médica, e a troca de dados clínicos se sobrepunha a praticamente todos os outros interesses. No estúdio, eles identificavam-se uns com os outros mais pelas doenças que pela pintura. "Como está sua taxa de açúcar?" "Como anda a sua pressão?" "O que foi que o médico disse?" "Você soube do meu vizinho? Agora passou para o fígado." Um dos homens vinha às aulas com um balão de oxigênio portátil. O outro tremia por causa do mal de Parkinson, mas mesmo assim estava ansioso por aprender a pintar. Todos, sem exceção, se queixavam — às vezes em tom de brincadeira, às vezes não — sobre a perda de memória cada vez pior, e comentavam como estavam passando depressa os meses, as estações e os anos, como a vida não tinha mais a mesma velocidade que antes. Duas das mulheres estavam se tratando de câncer. Uma teve de abandonar o curso pelo meio para voltar ao hospital. Uma outra sofria de dor nas costas, e de vez em quando era obrigada a ficar deitada no chão da sala de dez a quinze minutos, para só depois poder retomar o trabalho diante do cavalete. Depois que isso se repetiu algumas vezes, ele lhe disse para ir para o quarto dele e ficar deitada na sua cama por quanto tempo quisesse — o colchão era firme, e lá seria mais confortável. Uma vez, quando, passada meia hora, ela ainda não havia voltado, ele bateu à porta e, ao ouvi-la chorando lá dentro, abriu e entrou.

Era uma mulher esguia, alta e grisalha, mais ou menos da sua idade, cuja aparência e suavidade o faziam pensar em Phoebe. Seu nome era Millicent Kramer, ela era de longe sua melhor aluna e, por coincidência, a que fazia menos bagunça. Naquele curso a que, com muita boa vontade, ele dera o nome de "técnicas avançadas de pintura", Millicent era a única que conseguia terminar todas as aulas sem respingar tinta nos tênis. Ele jamais a ouvira dizer, como os outros: "Não consigo fazer o que eu quero com a tinta", nem "Vejo na minha cabeça o que quero fazer, mas não consigo passar para a tela", nem jamais precisou lhe dizer: "Não se intimide, não se contenha". Ele tentava ser generoso com todos, até mesmo com os casos perdidos, normalmente aqueles que entravam dizendo: "Hoje foi um dia maravilhoso — estou me sentindo inspirado". Quando por fim se cansou de ouvir essa frase, repetiu para eles algo que tinha a vaga lembrança de ter lido numa entrevista de Chuck Close: os amadores procuram inspiração; os outros simplesmente arregaçam as mangas e vão trabalhar. Ele não começava lhes ensinando desenho, porque quase nenhum sabia desenhar e o trabalho com figuras levantaria uma série de problemas de proporção e escala; assim, após as duas aulas iniciais sobre os rudimentos da pintura (como dispor as tintas, como organizar a palheta etc.), quando os alunos já estavam familiarizados com a tinta, ele armava numa mesa uma natureza-morta — um vaso, umas flores, uma fruta, uma xícara — e lhes dizia que tomassem aquilo como um ponto de partida. Dizia-lhes que fossem criativos, para tentar fazê-los se soltar, e para usar todo o braço, pintando, se possível, sem medo. Dizia que não deviam se preocupar com a aparência exata dos objetos à sua frente: "Interpretem", insistia; "isso é um ato criativo". Infelizmente, essa observação por vezes tinha tal efeito que o obrigava a dizer depois: "Pensando bem, talvez fosse melhor se o seu vaso não fosse seis vezes maior que a xícara". "Mas você me disse que era pra eu interpretar!" — era a reação invariável; ele retrucava, da maneira mais delicada possível: "Não era pra interpretar tanto assim". A desgraça que ele fazia tudo para evitar era lidar com alunos que pintassem com base na imaginação; no entanto, por eles se entusiasmarem muito com a ideia de "criatividade" e com a proposta de se soltar, eram esses os temas que se repetiam de uma aula à outra. Às vezes o pior acontecia, e o aluno dizia: "Não quero pintar flores nem frutas, quero fazer uma pintura abstrata, como você faz". Sabendo que não havia como discutir com um principiante o que ele está fazendo quando faz o que julga ser uma abstração, ele replicava: "Está bem — pode fazer o que você quiser", e quando dava a volta no estúdio, distribuindo conselhos sensatos, constatava, tal como havia previsto, que após olhar para uma tentativa de pintura abstrata não havia outra coisa a dizer senão: "Continue trabalhando". Procurava associar a pintura à atividade lúdica e não à arte, citando Picasso, que dissera algo a respeito da necessidade de recuperar a criança que se foi para poder pintar como adulto. O que mais fazia era repetir o que ouvira quando menino, no tempo em que ia às aulas de pintura e os professores lhe diziam essas mesmas coisas.

Só se tornava necessário fazer comentários específicos quando ele se aproximava de Millicent e via o que ela era capaz de fazer, e como estava melhorando a passos largos. Desde o início se dera conta de que ela tinha um dom inato, muito superior ao parco talento que alguns dos outros haviam começado a manifestar com o passar das semanas. Ela jamais combinava o vermelho e o azul diretamente na palheta, porém sempre modificava a mistura com um toque de preto ou um pouquinho de azul para que as cores adquirissem uma harmonia interessante, e suas pinturas tinham uma certa coerência, não eram o caos desconexo que ele via na maioria das vezes quando ia de cavalete em cavalete e, por não conseguir pensar em nada diferente, era obrigado a repetir: "É, está ficando bom". Com Millicent não era necessário alertar: "Não exagere", mas toda e qualquer sugestão que lhe dava sempre surtia efeito, e ela procurava algum sentido em tudo que ele lhe dizia. Seu modo de pintar parecia brotar diretamente dos instintos, e suas pinturas eram diferentes das de todos os outros, não apenas por uma questão de distinção estilística, mas pela maneira como ela sentia e percebia as coisas. Os outros variavam em suas necessidades de apoio; embora de modo geral todos fossem bem-humorados, alguns ainda ficavam aborrecidos sempre que precisavam de ajuda, e uma simples crítica impensada fez com que um dos homens, o presidente aposentado de uma indústria, se tornasse defensivo de um modo assustador. Mas Millicent, não: ela seria a aluna mais estimulante em qualquer turma de pintores amadores.

No quarto, ele sentou-se a seu lado e segurou-lhe a mão, pensando: quando a gente é jovem, é o exterior do corpo que é importante, a aparência externa. Quando envelhecemos, é o que está dentro que importa, e as pessoas não ligam mais para a aparência.

"Não tem nenhum remédio que você possa tomar?", ele perguntou.

"Já tomei", Millicent respondeu. "Não posso tomar mais. E só faz efeito por umas horas. Não há nada que funcione. Já fiz três operações. Cada uma foi mais séria que a outra, e mais dolorosa, e a dor só faz piorar. Desculpe eu ficar nesse estado. Realmente, eu peço desculpas."

Ao lado de sua cabeça, na cama, estava o colete ortopédico que ela havia retirado para se deitar. Era uma estrutura de plástico branco que se encaixava na parte inferior da coluna, presa a uma rede de pano elástico e faixas de velcro que prendiam frouxamente sobre o ventre uma tira retangular de lona forrada de feltro. Embora não tivesse tirado a bata branca que usava para pintar, havia removido o colete, e tentou escondê-lo debaixo de um travesseiro quando ele abriu a porta e entrou; é por isso que estava ao lado de sua cabeça, um objeto impossível de ignorar enquanto conversavam. Era apenas um colete ortopédico normal, usado por baixo da roupa externa, cuja seção posterior de plástico tinha pouco mais de vinte centímetros de altura, porém para ele era um lembrete, naquela comunidade de aposentados prósperos, da presença da doença e da morte.

"Quer um copo d'água?", ele ofereceu.

Só de olhar seus olhos dava para perceber como era difícil suportar a dor. "Quero, sim", disse ela, com voz débil, "por favor."

Seu marido, Gerald Kramer, fora proprietário, editor e redator-chefe de um semanário local, a principal publicação do lugar, que tinha a coragem de expor a corrupção nos governos municipais de toda a costa do estado. Ele lembrava-se de Kramer, que fora criado num cortiço em Neptune, ali perto: um sujeito pequeno, careca, opiniático, que andava com uma postura arrogante, jogava tênis de maneira agressiva e desajeitada, tinha um pequeno Cessna e uma vez por semana organizava um grupo de discussão a respeito dos acontecimentos do momento — era o evento noturno mais concorrido no calendário de Starfish Beach, juntamente com as exibições de filmes antigos patrocinadas pela cinemateca —, até que um câncer no cérebro o derrubou, e ele passou a ser visto pelas ruas da cidadezinha numa cadeira de rodas, ao lado da esposa. Mesmo aposentado, continuava com aquele ar de ser onipotente que dedicava toda a vida a uma missão importante, mas naqueles onze meses antes de sua morte parecia tomado pela perplexidade, espantado com sua condição diminuída, aturdido com sua própria impotência, aturdido de pensar que aquele moribundo enfraquecido sentado numa cadeira de rodas — um homem que não podia mais cortar uma bola de tênis, pilotar um iate ou um avião, muito menos preparar uma página do *Monmouth County Bugle* — era quem respondia quando seu nome era chamado. Uma de suas excentricidades que mais davam na vista era o hábito de, sem nenhum motivo em particular, envergar seu *smoking* para ir comer escalope de vitela no restaurante da cidadezinha com a mulher com quem estava casado havia mais de cinquenta anos. "Se eu não usar aqui, porra, onde é que vou usar?", era a resposta áspera e cativante que dava a todos — às vezes ele conseguia conquistar as pessoas com um charme inesperado. Depois da cirurgia, porém, sua esposa tinha de se sentar a seu lado, esperar que ele abrisse a boca torta e em seguida, com uma colher, alimentar cuidadosamente aquele marido orgulhoso, aquele homem corajoso e brigão. Muitos conheciam Kramer e o admiravam, e quando o viam na rua tinham vontade de saudá-lo e perguntar como estava de saúde, mas muitas vezes sua mulher era obrigada a balançar a cabeça para que não se aproximassem, quando ele estava na mais profunda depressão — a depressão corrosiva de um homem que antes estava envolvido em tudo e agora estava imerso no nada. Que agora não era ele próprio mais nada, apenas um zero imóvel, aguardando com raiva a bênção de um aniquilamento absoluto.

"Pode ficar aqui se quiser", disse ele a Millicent Kramer depois que ela bebeu um pouco d'água.

"Não posso ficar deitada o tempo todo!", exclamou ela. "Não aguento mais isso! Eu era tão ágil, tão ativa — para ser mulher do Gerald, tinha que ser. Nós íamos pra tudo que era lugar. Eu me sentia tão livre! Fomos à China, conhecemos toda a África. Agora só posso ir de ônibus a Nova York se me encher de analgésico. E não me dou bem com analgésico — fico completamente maluca. E, mesmo assim, quando chego lá, já estou sentindo dor de novo. Ah, mil desculpas. Eu realmente peço desculpas. Todo mundo aqui tem seus problemas. Não há nada de especial na minha história, e desculpe eu fazer você me aturar. Você provavelmente também tem a sua história."

"Será que uma almofada térmica lhe faria bem?"

"Sabe o que me faria bem?", ela retrucou. "Ouvir aquela voz que desapareceu. A voz do homem excepcional que eu amava. Acho que se ele estivesse aqui eu aguentava tudo isso. Mas sem ele é impossível. Nunca vi o Gerald fraquejar uma única vez na vida — e aí veio o câncer e acabou com ele. Eu não sou o Gerald. Ele conseguia dar tudo o que podia e aguentar — aguentava e fazia o que tinha que ser feito. Mas eu, não. Não consigo mais suportar essa dor. Ela se impõe a tudo. Às vezes fico pensando que não aguento mais nem uma hora. Eu digo a mim mesma para ignorar a dor. Digo a mim mesma que não é importante. Digo: 'Não fique pensando nisso. É só um fantasma. É um incômodo, só isso. Não fique dando poder a ela. Não coopere com ela. Não morda a isca. Não reaja. Seja firme. Vá em frente. Ou bem manda você, ou bem é ela que manda — você é quem decide!'. Fico repetindo isso um milhão de vezes por dia, como se fosse o Gerald falando, e aí de repente a dor é tão terrível que sou obrigada a me deitar no chão no meio do supermercado, e nenhuma palavra mais faz sentido. Ah, eu peço desculpas, falando sério. Eu odeio choradeira."

"Todos nós odiamos", disse ele, "mas a gente chora assim mesmo."

"Esse curso é muito importante pra mim", disse ela. "Passo a semana inteira esperando. Fico que nem uma criança esperando a volta das aulas", confessou, e ele percebeu que aquela mulher o encarava com uma confiança infantil, como se de fato fosse uma menina que um adulto estivesse fazendo dormir — e como se ele, tal como Gerald, pudesse resolver qualquer problema.

"Você trouxe o seu remédio?", ele perguntou.
"Eu já tomei hoje de manhã."
"Tome outro", disse ele.
"Eu tenho que ter cuidado com esse remédio."
"Compreendo. Mas, por você mesma, tome mais um. Mais um não pode fazer muito mal, e vai ajudar você a aguentar essa dor. Pra você poder voltar a pintar."
"Leva uma hora pra fazer efeito. Até lá, a aula já terminou."
"Você pode ficar e continuar pintando depois que os outros forem embora. Onde é que está o remédio?"
"Na minha bolsa. No estúdio. Junto do meu cavalete. A bolsa marrom velha, com a alça gasta."

Ele trouxe a bolsa, e com o que restava de água no copo ela tomou o comprimido, um opiato que fazia a dor passar por três ou quatro horas, um comprimido grande, branco, em forma de losango, que a fez relaxar assim que o engoliu, só de pensar no alívio que viria. Pela primeira vez desde que aquela mulher entrara para o curso, ele percebia o quanto ela devia ter sido bela antes que a degeneração da coluna causada pela idade passasse a dominar sua existência.

"Pode ficar deitada aqui até começar a fazer efeito", disse ele. "Depois você volta a pintar."

"Eu realmente peço desculpas por isso tudo", disse Millicent quando ele foi saindo. "É que a dor deixa a gente muito sozinha." E nesse momento sua firmeza mais uma vez não resistiu; ela levou as mãos ao rosto e começou a chorar. "Eu sinto tanta vergonha."

"Não tem nada de vergonhoso nisso."

"Ah, tem, sim", disse ela, chorando. "Não poder se cuidar sozinha, a necessidade patética de receber apoio..."

"Nessas circunstâncias, nada disso é nem um pouco vergonhoso."

"Você está enganado. Você não sabe. A dependência, a impotência, o isolamento, o pavor — é tudo terrível e vergonhoso. A dor faz você ter medo de si próprio. A alteridade da coisa é terrível."

Ela sente vergonha do ser em que se transformou, pensou ele; fica envergonhada, humilhada, quase a ponto de não mais se reconhecer. Mas quem não ficava assim? Cada um tinha vergonha do ser em que se transformara. Até ele, não era mesmo? Vergonha das mudanças físicas. Da diminuição da virilidade. Dos erros que o distorceram, dos golpes — tanto os que ele próprio desferira contra si mesmo quanto os que vieram de fora — que o deformaram. O que dava uma grandeza horrível ao processo de redução sofrido por Millicent Kramer — e, por contraste, diminuía o horror daquele de que ele próprio era vítima — era, naturalmente, a dor incurável. Até mesmo aquelas fotos dos netos, pensou ele, aquelas fotos que todas as avós têm espalhadas pela casa, ela provavelmente não olha mais para elas. Agora só existe a dor.

"Shhh", exclamou ele, "shhh, se acalme", e voltando para junto da cama por um momento segurou-lhe a mão de novo antes de retomar a aula. "Espere até o remédio fazer efeito e volte quando estiver pronta para pintar."

Dez dias depois ela se suicidou com uma overdose de remédio para dormir.

No final da série de doze semanas, quase todos os alunos quiseram se matricular em mais uma, mas ele anunciou que uma mudança de planos o obrigava a só voltar a oferecer o curso no próximo outono.

Quando fugiu de Nova York, optou por morar na praia porque sempre gostara de nadar no mar e enfrentar as ondas, e porque tinha lembranças felizes desse trecho da costa da Nova Jersey, e porque, mesmo que Nancy não viesse morar com ele, estaria a apenas uma hora dela, e porque morar num ambiente tranquilo e confortável sem dúvida seria bom para sua saúde. Não havia outra mulher em sua vida além da filha. Ela jamais deixava de telefonar antes de ir para o trabalho todas as manhãs, mas fora isso seu telefone raramente tocava. Ele já não tentava mais conquistar o afeto dos filhos do primeiro casamento; nunca agira bem com a mãe deles nem com eles, e resistir àquelas acusações repetitivas e à versão da história da família contada pelos filhos exigiria um grau de combatividade que já não existia em seu arsenal. A vontade de brigar fora substituída por uma enorme tristeza. Quando cedia, na solidão de suas noites intermináveis, à tentação de telefonar para um deles, sempre se sentia triste depois, triste e derrotado.

Randy e Lonny constituíam a fonte de seu mais profundo sentimento de culpa, porém não era possível continuar explicando por que ele agira como agira. Já havia tentado fazê-lo muitas vezes quando os dois eram jovens — mas naquele tempo eles estavam muito jovens e indignados para compreender, e agora estavam velhos e indignados demais para compreender. E o que havia para compreender? Aquilo lhe parecia inexplicável — a veemência com que os dois persistiam em acusar o pai. Ele fizera o que fizera tal como o fizera, assim como eles faziam o que faziam tal como o faziam. Seria a posição inflexível deles de não perdoar o pai mais perdoável que aquilo que o pai fizera com eles? Seria o efeito dela menos pernicioso? Ele era um dos milhões de americanos que se haviam divorciado e desse modo dissolvido uma família. Mas ele batia na mãe deles? Batia neles? Deixou de sustentar a mãe ou a eles? Alguma vez tiveram de implorar para que lhes desse dinheiro? Alguma vez ele fora severo? Não havia tentado aproximar-se dos filhos de todas as maneiras possíveis? O que poderia ter sido evitado? O que ele poderia ter feito de diferente de modo a se tornar mais aceitável para os filhos senão a única coisa que não poderia ter feito — permanecer casado e vivendo com a mãe deles? Ou bem os filhos compreendiam isso, ou bem não o compreendiam — e, infelizmente para ele (e para os filhos), eles não compreendiam. Também jamais conseguiriam entender que o pai perdera a mesma família que os filhos. E sem dúvida havia coisas que ele próprio não conseguia entender. Nesse caso, isso era igualmente triste. Sem dúvida, todos tinham motivo para sentir tristeza, e não faltavam remorsos para desencadear a espiral de perguntas com a qual ele tentava defender a história da sua vida.

Não contava aos filhos nada a respeito da série de internações que sofrera, para não despertar neles uma satisfação vingativa. Estava certo de que, quando morresse, eles haveriam de comemorar, isso por nunca terem conseguido deixar para trás as antigas lembranças do pai abandonando a primeira família para formar uma segunda. O fato de que mais tarde ele traíra a segunda família para ir atrás de uma beldade vinte e seis anos mais moça que ele, a qual, segundo Randy e Lonny, qualquer um que não fosse o pai deles teria percebido que era "pirada" logo à primeira vista — e ainda por cima modelo, uma "modelo desmiolada" que ele conhecera quando fora contratada pela sua agência para realizar um serviço que obrigou toda a equipe, inclusive eles dois, a passar alguns dias no Caribe —, apenas reforçara a visão que os filhos tinham dele: um aventureiro sexual desonesto, irresponsável, frívolo e imaturo. Como pai, era um impostor. Como marido, até mesmo para a incomparável Phoebe, por quem ele abandonara a mãe deles, era um impostor. A única coisa que ele era de verdade era um mulherengo inveterado; no mais, era falso em tudo. Quanto a se tornar "artista" na velhice, isso, para os filhos, era a maior piada de todas. Depois que ele passou a pintar a sério todos os dias, Randy inventou para o pai o apelido sarcástico de "o sapateiro feliz".

Ele não alegava que agira de modo moralmente correto, nem que tinha razão. Seu terceiro casamento se fundara no desejo insaciável que sentia por uma mulher que nada tinha a ver com ele, porém o desejo jamais havia perdido o poder de cegá--lo e o levou, aos cinquenta anos, a agir como um jovem. Ele não dormia com Phoebe havia seis anos, porém não podia utilizar esse fato íntimo da sua vida conjugal para explicar aos filhos por que se divorciara pela segunda vez. Achava que, tendo sido marido de Phoebe por quinze anos, tendo sido para Nancy um pai muito presente por treze anos e tendo sido irmão de Howie e filho de seus pais desde que nascera, não precisava dar tais explicações. Achava que, tendo trabalhado como publicitário por mais de vinte anos, não precisava dar tais explicações. Achava que, tendo sido pai de *Lonny* e *Randy*, não precisava dar tais explicações!

No entanto, a representação que seus filhos faziam de seu comportamento durante toda a sua vida não era nem mesmo uma caricatura, e sim, a seu ver, o retrato de tudo que ele não era, uma representação em que eles insistiam em minimizar tudo de bom que, julgava ele, era visível para quase todas as outras pessoas. Minimizavam o que ele tinha de bom e ampliavam seus defeitos, por um motivo que certamente não poderia ainda ter tanta força a essa altura dos acontecimentos. Com mais de quarenta anos, eles continuavam a ser em relação ao pai as crianças que eram no tempo em que ele largou a mãe deles, crianças que, por sua própria natureza, não poderiam compreender que havia talvez mais de uma explicação para o comportamento humano — crianças, porém, com a aparência e a agressividade de adultos, e com um poder de solapar ao qual ele jamais conseguiu opor uma defesa sólida. Eles estavam decididos a fazer sofrer o pai ausente, e ele sofria, investindo-os desse poder. Sofrer por seus pecados era tudo o que ele podia fazer para agradá-los, para pagar sua conta, aceitando com indulgência, como o melhor dos paizões, aquela oposição ferrenha.

Seus sacanas! Seus idiotas! Seus merdinhas, sempre a me condenar! Tudo seria diferente, ele se perguntava, se tivesse sido diferente e feito tudo de modo diferente? Agora eu estaria menos só? Claro que sim! Mas o que eu fiz foi isso! Estou com setenta e um anos, e este é o homem que fiz de mim. Foi isso que fiz para chegar aonde cheguei, e estamos conversados!

Ao longo dos anos, felizmente, continuara sempre em contato com Howie. Ao aproximar-se dos sessenta anos, Howie, como quase todos os sócios da Goldman Sachs que chegavam a essa idade, com exceção dos três ou quatro chefões, aposentou-se; a essa altura já tinha tranquilamente cinquenta milhões de dólares. Pouco depois já era membro de uma série de diretorias de empresas, e terminou sendo nomeado presidente da Procter & Gamble, para a qual fizera arbitragem anos antes. Na casa dos setenta, ainda vigoroso e com muita vontade de trabalhar, tornou-se consultor de uma firma de aquisições de Boston, especializada em instituições financeiras, e passou a viajar para pesquisar aquisições potenciais. No entanto, apesar de todas as suas responsabilidades e encargos, Howie e seu irmão tinham continuado a se telefonar cerca de duas vezes por mês, telefonemas que por vezes se estendiam por meia hora, em que um deles fazia o outro rir com lembranças dos tempos da infância e episódios cômicos vividos na escola e na joalheria.

Agora, porém, quando falavam, uma frieza injustificada o dominava, e sua reação à jovialidade do irmão era o silêncio. A causa dessa frieza era ridícula. Ele odiava Howie por ter uma saúde tão boa. Odiava-o porque nunca em sua vida fora internado num hospital, porque não sabia o que era ficar doente, porque não havia em seu corpo nenhuma marca de bisturi, nem tampouco havia seis *stents* de metal enfiados em suas artérias, juntamente com um sistema de alarme cardíaco embutido no abdômen, uma engenhoca chamada desfibrilador, uma palavra que, quando ele a ouviu pela primeira vez, dita por seu cardiologista, pareceu-lhe um termo desconhecido, aparentemente inócuo, como se dissesse respeito à correia de uma bicicleta. Ele o odiava porque, embora fossem filhos dos mesmos pais e tivessem tanta semelhança física, Howie havia herdado a invulnerabilidade física e ele, as deficiências coronárias e vasculares. Odiá-lo era ridículo, porque Howie não podia fazer nada a respeito de sua boa saúde a não ser aproveitá-la. Era ridículo odiar Howie apenas por ele ser quem era e não outra pessoa. Jamais lhe invejara a disposição atlética nem o talento acadêmico, a genialidade em matéria de finanças nem a riqueza, jamais o invejara, mesmo quando pensava em seus filhos homens e suas esposas e depois pensava na família de Howie — quatro filhos homens crescidos que ainda o amavam e uma esposa dedicada com quem estava casado havia cinquenta anos, e que claramente era tão importante para ele quanto ele para ela. Orgulhava-se daquele irmão musculoso e atlético que raramente tirava uma nota abaixo de A na escola, e o admirava desde a mais tenra infância. Sendo ele próprio um menino com talento artístico cuja única capacidade física digna de nota era a facilidade de nadar, ele sempre amara Howie abertamente e o seguia para todos os lados. Porém agora odiava-o, invejava-o, sentia um ciúme venenoso dele e, em seus pensamentos, quase chegava a atacá-lo, porque a força que Howie investira em sua vida jamais encontrara qualquer obstáculo. Embora naqueles telefonemas suprimisse tanto quanto possível tudo o que havia de irracional e indefensável em seus sentimentos, à medida que os meses foram passando, seus telefonemas foram ficando mais breves e menos recorrentes, e depois de algum tempo quase não se falavam mais.

Ele não conservou por muito tempo o desejo invejoso de que seu irmão perdesse a saúde — sua inveja não ia tão longe, pois se seu irmão adoecesse isso não teria o efeito de fazê-lo recuperar a saúde. Nada poderia restaurar sua saúde, sua juventude; nada poderia revigorar seu talento. Assim mesmo, em momentos de raiva, quase chegava a acreditar que a saúde de Howie fosse responsável pelas mazelas que o afligiam, muito embora soubesse que isso não era verdade, muito embora possuísse, como qualquer pessoa civilizada, uma compreensão tolerante do enigma da desigualdade e do azar. Anos antes, quando o psicanalista diagnosticara como inveja, com a maior tranquilidade, os sintomas de uma crise séria de apendicite, ele ainda era o filho de seus pais, alguém que mal conhecia os sentimentos causados pela ideia de que as posses de outra pessoa deveriam na verdade ser dele. Porém agora ele os conhecia; na velhice havia descoberto o estado emocional que rouba do invejoso a serenidade e, pior ainda, o realismo — ele odiava Howie por aquela herança biológica que deveria também ter sido sua.

De uma hora para outra, não conseguia suportar o irmão, da mesma maneira primitiva, instintiva, como seus filhos não conseguiam suportá-lo.

Antes, tivera esperanças de que aparecesse nas aulas de pintura uma mulher que o interessasse — em parte, foi essa a razão que o levou a lecionar. Porém juntar-se a uma daquelas viúvas de sua idade, por quem não sentia atração alguma, revelou-se impossível, embora as mulheres jovens, saudáveis, que ele via correndo à beira-mar quando ia fazer suas caminhadas matinais, ainda cheias de curvas, cabelos reluzentes e, para ele, mais belas do que haviam sido as jovens do passado, não eram tão desprovidas de bom senso a ponto de fazer mais que trocar com ele sorrisos profissionalmente inocentes. Acompanhar o deslocamento rápido dessas jovens com o olhar era um prazer, porém um prazer difícil, e no fundo a carícia mental era fonte de uma melancolia amarga que só fazia intensificar sua solidão insuportável. Era bem verdade que ele optara por morar sozinho, mas não insuportavelmente sozinho. O pior de ser insuportavelmente sozinho era ter de suportar a situação — senão ele afundaria. Era necessário esforçar-se a todo custo para que a mente não o sabotasse, debruçando-se faminta sobre a abundância do passado.

E agora a pintura o entediava. Ele passara muitos anos sonhando com o tempo ininterrupto que teria ao aposentar-se para se dedicar à pintura — tal como milhares e milhares de outros diretores de arte que se haviam sustentado trabalhando em publicidade. Mas, tendo pintado quase todos dias desde que se mudara para a praia, havia perdido o interesse. A necessidade premente de pintar havia passado; a empolgação pela atividade com que pretendia preencher o resto de seus dias se dissipara. Ele não tinha mais ideias. Cada quadro que terminava acabava ficando igual ao anterior. Suas pinturas abstratas de cores vivas sempre eram exibidas em lugar de destaque nas mostras dos artistas de Starfish Beach, e as três que foram levadas para serem expostas numa galeria num ponto turístico perto dali haviam sido vendidas para os melhores clientes da galeria. Mas isso fora quase dois anos antes. Agora ele não tinha mais nada para expor. Tudo aquilo não dera em nada. Como pintor, ele era, e provavelmente sempre fora, apenas um "sapateiro feliz", tal como seu filho satírico o havia rotulado, pelo que ficara sabendo. Pelo visto, a pintura fora para ele um exorcismo. Mas para exorcizar que malignidade? A mais antiga de suas ilusões? Ou teria ele apelado para a pintura com o fim de se livrar da constatação de que a gente nasce para viver, mas em vez disso morre? De repente, ele estava perdido no nada, no som das duas sílabas "na-da" tanto quanto no nada em si, perdido, à deriva, e o terror começou a instilar-se nele. Não há nada que não traga riscos, pensava ele, nada, nada — nada que não termine mal, nem mesmo uma bobagem como pintar quadros!

Explicou a Nancy, quando ela lhe perguntou a respeito de seu trabalho, que tinha sofrido "uma vasectomia estética irreversível".

"Alguma coisa vai fazer você recomeçar", disse ela, recebendo aquela afirmativa catastrófica com um riso que tinha o efeito de absolvê-lo. Nancy absorvera a bondade da mãe, a incapacidade de permanecer indiferente às carências dos outros, aquela emotividade pé na terra e cotidiana que ele, desastradamente, jogara fora por não lhe dar valor — jogara fora sem sequer compreender o muito de que seria privado pelo resto da vida.

"Acho que não", disse ele à filha que tivera com Phoebe. "Se não me tornei pintor, foi por um motivo. Agora eu esbarrei nele."

"Você não se tornou pintor", explicou Nancy, "porque teve mulheres e filhos. Você tinha várias bocas a alimentar. Tinha responsabilidades."

"Eu não me tornei pintor porque não sou pintor. Nunca fui e não sou."

"Ah, papai..."

"Não; escuta o que estou dizendo. Esse tempo todo só fiz rabiscar para passar o tempo."

"Você está é aborrecido agora. Pare de se insultar — isso não é verdade. Sei que não é. Lá em casa tem quadros seus em todas as paredes. Eu olho pra eles todos os dias, e tenho certeza que não estou olhando pra rabiscos. As pessoas que vão lá em casa — elas olham. Elas me perguntam quem é o artista. Prestam atenção aos quadros e perguntam se o artista ainda é vivo."

"O que é que você diz a eles?"

"Ouça o que vou dizer agora: se fossem rabiscos, eles não olhavam com atenção. São obras, e obras bonitas. E é claro", ela prosseguiu, com aquele riso que o fazia sentir-se bem outra vez e, com mais de setenta anos, apaixonado pela filhinha mais uma vez, "é claro que digo que você está vivo. Digo que foi meu pai que pintou, e falo com muito orgulho."

"Que bom, meu amor."

"Eu tenho uma verdadeira galeria."

"Isso é bom — isso me faz sentir bem."

"É só porque você está frustrado agora. Só isso. Você é um pintor maravilhoso. Sei o que estou dizendo. Se tem alguém no mundo capaz de saber se você é ou não é um pintor maravilhoso, sou eu."

Depois de tudo que seu pai a fizera sofrer ao trair Phoebe, ela ainda queria elogiá-lo. Desde os dez anos ela era assim — uma menina pura e sensata, cujo único defeito era sua generosidade excessiva, sempre a se proteger da infelicidade pelo recurso inofensivo de fechar os olhos para os defeitos de todas as pessoas que amava, amando o amor acima de tudo. Distribuindo perdão como se fosse feno. A inevitável consequência disso foi ela ocultar de si própria as deficiências daquele bebê chorão ostensivamente brilhante por quem ela se apaixonou e com quem se casou.

"E não sou só eu, não, pai. É todo mundo que vai lá. Outro dia eu estava entrevistando umas *baby-sitters*, porque a Molly não vai poder mais continuar a trabalhar. Eu estava entrevistando umas garotas pra encontrar uma *baby-sitter*, e aí uma moça maravilhosa que eu acabei contratando, a Tanya — ela é estudante e está precisando ganhar um dinheiro extra, ela estuda na Art Students League, que nem você —, a Tanya não conseguia parar de olhar pro quadro que fica na sala de jantar, em cima do aparador, aquele amarelo, sabe qual é?"

"Sei."

"Ela não conseguia parar de olhar. Aquele vermelho e preto. É realmente incrível. Eu fazendo um monte de perguntas e ela olhando pra cima do aparador. Ela perguntou quando foi pintado e onde eu comprei. As suas obras são impressionantes."

"Você é muito boa pra mim, meu amor."

"Não. Estou sendo franca com você, só isso."

"Obrigado."

"Você ainda vai voltar a pintar. Isso vai acontecer. A pintura ainda não largou você. E, enquanto isso, aproveite para se distrair. Você mora num lugar tão bonito! É só ter paciência. Esperar. Nada desapareceu. Aproveite o tempo, as caminhadas, a praia e o mar. Nada desapareceu, nada mudou."

Estranho — as palavras dela o confortavam tanto, mas nem por um segundo ele acreditava que ela sabia o que estava dizendo. A vontade de ser confortado, ele percebia, não é pouca coisa, ainda mais quando somos confortados por alguém que, milagrosamente, ainda nos ama.

"Eu não entro mais na água", disse ele.

"Não?"

Era apenas com Nancy que estava falando, mas assim mesmo a confissão o deixou humilhado. "Perdi a confiança em mim."

"Mas na piscina você pode nadar, não é?"

"Posso, sim."

"Então nade na piscina."

Ele lhe perguntou a respeito dos gêmeos, pensando: se ainda estivesse com Phoebe, se Phoebe ainda estivesse com ele, se Nancy não tivesse de se esforçar tanto para confortá-lo na ausência de uma esposa dedicada, se ele não tivesse magoado Phoebe tal como o fizera, se não a tivesse traído, se não tivesse mentido!

Se ela não tivesse dito: "Nunca mais vou poder acreditar que você está dizendo a verdade".

A coisa só começou quando ele já estava com quase cinquenta anos. Havia mulheres jovens em todos os lugares — agentes de fotógrafos, secretárias, estilistas, modelos, executivas de contas. Muitas mulheres, ele trabalhava e viajava e almoçava com elas, e o espantoso não era a coisa acontecer — o marido arranjar uma "outra" —, e sim ter demorado tanto para acontecer, mesmo depois que a paixão desapareceu de seu casamento. Começou com uma morena bonita de dezenove anos que ele contratou como secretária e que, duas semanas depois, já estava ajoelhada no chão do escritório com a bunda para cima, sendo comida por ele, inteiramente vestido, tendo apenas aberto a braguilha. Ele não a possuíra à força, embora sem dúvida a tivesse pegado de surpresa — porém ele, que sabia não ter nenhuma peculiaridade para exibir, que julgava se contentar com uma vida regida pelas normas costumeiras, comportando-se mais ou menos como os outros, também se surpreendera a si próprio. Foi fácil penetrá-la, pois ela estava bem molhada, e naquelas circunstâncias ousadas os dois rapidamente atingiram um orgasmo vigoroso. Uma manhã, assim que ela se levantou do chão e retomou seu lugar à mesa da antessala, o rosto ainda vermelho, ajeitando a roupa no meio da sala, o patrão dele, Clarence, o supervisor administrativo e vice-presidente executivo, abriu a porta e entrou. "Onde é o apartamento dela?", perguntou Clarence. "Não sei", ele respondeu. "Use o apartamento dela", disse Clarence, severo, e saiu. Mas eles não conseguiam parar de fazer o que estavam fazendo, onde e como o faziam, muito embora fosse um daqueles malabarismos de escritório em que todo mundo tem tudo a perder. Não conseguiam parar porque passavam o dia inteiro muito próximos um do outro. Não conseguiam pensar em outra coisa senão nisso: ela ajoelhar-se no chão, ele puxar-lhe a saia para cima das costas, segurá-la pelos cabelos e, após abaixar a calcinha, penetrá-la com toda a força, pouco se lixando para a possibilidade de serem descobertos.

Então veio a filmagem em Granada. Ele era diretor da operação, e juntamente com o fotógrafo escolheu as modelos, dez moças, para um anúncio de toalhas que seria filmado ao lado de uma pequena lagoa numa floresta tropical, as modelos trajando roupões de banho curtos, cada uma com uma toalha do anunciante enrolada na cabeça como se tivesse acabado de lavar os cabelos. Tudo havia sido combinado, o anúncio fora aprovado, e no avião ele ficou afastado de todos os outros, para poder ler um livro, dormir e chegar ao destino sem que ninguém o incomodasse.

Fizeram uma baldeação no Caribe. Ele saltou do avião, entrou na sala de espera e olhou a sua volta, viu as modelos e cumprimentou-as, e em seguida todos entraram no outro avião, menor, para um rápido voo até o destino final, onde foram apanhados no aeroporto por vários carros e um pequeno veículo que parecia um jipe, no qual ele resolveu ir acompanhado de uma das modelos que lhe havia chamado a atenção ao ser contratada. Era a única estrangeira naquela filmagem, uma dinamarquesa chamada Merete, provavelmente com vinte e quatro anos de idade, a mais velha das dez; todas as outras eram americanas de dezoito ou dezenove anos. Uma pessoa dirigia o carro, Merete vinha no meio, ele junto à janela. Era noite e a escuridão era total. Estavam muito apertados dentro do veículo, e ele colocara o braço sobre o encosto do banco dela. Instantes depois de darem a partida no carro, seu polegar já estava na boca de Merete, e sem que ele se desse conta seu casamento tinha começado a correr perigo. O jovem que havia manifestado o propósito de jamais levar uma vida dupla estava prestes a partir-se ao meio com um machado.

Chegaram ao hotel e ele foi para o quarto, onde passou a maior parte da noite pensando em Merete. No dia seguinte, quando se encontraram, ela lhe disse: "Fiquei esperando você". A coisa toda foi muito rápida e intensa. Passaram o dia filmando no meio da floresta junto da lagoa, trabalhando com dedicação, a sério, o dia inteiro, e quando ele voltou descobriu que a agente do fotógrafo, que também tinha ido com eles, havia alugado uma casa na praia só para ele — como ele lhe arranjara muito trabalho, ela estava devolvendo o favor. Assim, saiu do hotel acompanhado por Merete, e ficaram juntos na praia por três dias. De manhã cedo, quando ele voltava da praia após nadar um bom tempo, ela estava à sua espera na varanda só com a parte de baixo do biquíni. Começavam ali mesmo, ele ainda todo molhado. Nos primeiros dois dias, ele não tirava os dedos de sua bunda enquanto ela o chupava, até que por fim ela olhou para ele e disse: "Se você gosta tanto desse buraquinho, por que não experimenta?".

Naturalmente, continuou a sair com Merete em Nova York. Sempre que ela estava livre, ele ia ao apartamento dela na hora do almoço. Até que uma vez, num sábado, ele caminhava pela Third Avenue com Phoebe e Nancy quando viu a modelo andando na outra calçada com aquele passo tranquilo, ereto e sonâmbulo, aquela confiança de fera que sempre o desarmava, como se ela não estivesse se aproximando da faixa de pedestres da Seventy Second Street com uma sacola de supermercado, e sim atravessasse serenamente o Serengeti, Merete Jespersen de Copenhague caminhando pelo capinzal da savana em meio a mil antílopes da África. Naquele tempo as modelos não tinham a obrigação de ser magras como espetos, e mesmo antes de identificá-la por seu andar, pelo brilho do cabelo dourado que lhe caía às costas, ele identificou o seu tesouro, o prêmio do caçador branco, pelo peso dos peitos dentro da blusa e a solidez leve do traseiro cujo buraquinho proporcionava tanto prazer a ambos. Não demonstrou medo nem excitação ao vê-la, porém se sentiu muito mal e foi obrigado a procurar sozinho um telefone para ligar para ela — passou o resto da tarde pensando naquele telefonema. Isso não era a mesma coisa que comer a secretária no chão do escritório. Era a vitória escancarada da carnalidade daquela mulher sobre o instinto de sobrevivência dele, que não era tão fraco assim. Era a aventura mais louca de sua vida, a única, só agora ele estava começando a perceber que era capaz de arrasar tudo. Só lhe ocorreu de passagem a ideia de que talvez fosse uma ilusão imaginar, aos cinquenta anos de idade, ser possível encontrar um buraco que substituísse tudo o mais.

Meses depois, ele foi visitá-la em Paris. Ela estava havia seis semanas trabalhando na Europa, e embora se falassem escondidos pelo telefone até três vezes por dia, isso não bastava para satisfazer o anseio que ambos sentiam. Uma semana antes do sábado em que ele e Phoebe iriam de carro a New Hampshire buscar Nancy, que estava na colônia de férias, ele disse à esposa que teria de ir a Paris para uma filmagem no fim de semana. Iria na quinta à noite e voltaria na manhã de segunda. Ezra Pollock, o executivo da conta, iria com ele, e lá chegando se encontrariam com a equipe de produção europeia. Ele sabia que Ez estaria com a família até depois do Dia do Trabalho* numa ilha onde não havia telefone, bem afastada da costa de South Freeport, Maine, tão longe de tudo que as focas costumavam se reunir em torno de uma ilhota rochosa perto dali. Ele deu a Phoebe o nome e o telefone do hotel em Paris, e depois ficou pensando dez ve-

---

* Nos Estados Unidos, a primeira segunda-feira de setembro, que assinala o final das férias de verão. (N.T.)

zes por dia no risco que corria de ser descoberto pela esposa em troca de um fim de semana prolongado com Merete na capital mundial dos amantes. Porém Phoebe não desconfiava de nada, e pareceu até gostar da ideia de ir pegar Nancy sozinha. Estava doida para ter a filha em casa depois de todo o verão longe dela, tal como ele estava doido para estar com Merete após um mês e meio de separação; assim, pegou o avião na noite de quinta só pensando naquele buraquinho e no que ela gostava que ele fizesse ali. Sim, não pensava em outra coisa enquanto atravessava o Atlântico, sonhador, nas asas da Air France.

O que deu errado foi o tempo. A Europa foi varrida por ventos fortes e tempestades, e nenhum avião pôde decolar no domingo nem na segunda. Passou os dois dias no aeroporto com Merete, que viera para ficar grudada nele até o último instante, mas, quando souberam que nenhum avião sairia do aeroporto De Gaulle pelo menos até a manhã de terça-feira, pegaram um táxi e voltaram para a Rue des Beaux Arts, para o hotelzinho chique predileto de Merete na Rive Gauche, onde conseguiram voltar para o quarto em que haviam passado o fim de semana, o quarto com paredes cobertas de espelhos de vidro fumê. Durante todas as voltas que deram de táxi à noite em Paris, representaram o mesmo esquete erótico, sempre como se fosse por acaso e pela primeira vez: ele pousava a mão no joelho dela e ela abria as pernas apenas o suficiente para que ele pudesse enfiar a mão debaixo do vestido de seda fina — na verdade, era mais uma peça de *lingerie* de luxo — e ficava a dedilhá-la enquanto ela posicionava a cabeça de modo a parecer que estava olhando para as vitrines iluminadas, ao passo que ele, encostado no banco, fingia não estar fascinado pelo modo como Merete continuava a agir como se ninguém a estivesse tocando, muito embora ela estivesse claramente começando a gozar. Merete levava tudo que era erótico às últimas consequências. (Antes disso, numa loja discreta de joias antigas que ficava perto do hotel, ele havia enfeitado o pescoço dela com uma joia deslumbrante, um colar com um pingente de brilhantes e granadas de andradita, com a corrente de ouro original. Filho de seu pai que era, ele pedira para examinar as pedras com a lupa do joalheiro. "O que é que você está procurando?", perguntou Merete. "Jaças, rachaduras, a cor — se não der para ver nada com uma lupa de dez vezes, o diamante pode ser considerado perfeito. Está vendo? Meu pai fala pela minha boca sempre que falo sobre joias." "Mas não quando você fala sobre outras coisas", disse ela. "Não quando eu falo sobre você. Aí as palavras são minhas." Não conseguiam, quando faziam compras, quando andavam pelas ruas, quando entravam no elevador ou tomavam café juntos no reservado de um bar na esquina perto do apartamento dela, parar de seduzir um ao outro. "Como é que você sabe fazer isso, prender essa coisa...?" "A lupa." "Como é que você sabe prender a lupa no olho assim?" "Foi meu pai que me ensinou. É só você apertar em torno dela. Igual como você faz." "Então qual é a cor?" "Azul. Branco-azulado. Era a melhor cor antigamente. Meu pai diria que ainda é. Meu pai dizia: 'Além de ser bonito, de dar status e ter valor, o diamante é imperecível'. Ele adorava a palavra 'imperecível'." "E quem é que não adora?", retrucou Merete. "Como se diz em dinamarquês?", ele perguntou. "*Uforgængelig*. É tão maravilhoso quanto em inglês." "Vamos levar", disse ele à vendedora, a qual, por sua vez, falando num inglês impecável, com um toque de francês — e com malícia perfeita —, disse à jovem companheira do senhor mais velho: "*Mademoiselle* tem muita sorte. *Une femme choyée*", e o preço era mais ou menos equivalente a todo o estoque da velha loja em Elizabeth, se não fosse mais, no tempo em que ele levava alianças de noivado de cem dólares, de meio ou um quarto de quilate, para serem ajustadas aos clientes de seu pai por um homem que trabalhava numa bancada instalada num cubículo na Frelinghuysen Avenue, por volta de 1942.) E agora ele retirava o dedo grudento com a gosma de Merete, perfumava os lábios dela com o dedo e depois o enfiava entre seus dentes para que ela o acariciasse com a língua, fazendo-a relembrar o primeiro encontro deles e o que eles ousaram fazer quando ainda não se conheciam — ele, um publicitário americano de cinquenta anos de idade, ela, uma modelo dinamarquesa de vinte e quatro, atravessando uma ilha antilhana no escuro, petrificados. Para fazê-la relembrar que ela lhe pertencia, e ele a ela. Uma seita com apenas dois fiéis.

Havia um recado de Phoebe a sua espera no hotel: "Telefone para mim imediatamente. Sua mãe está muito doente".

Ele ligou e ficou sabendo que sua mãe octogenária havia sofrido um derrame às cinco horas da manhã de segunda-feira, horário de Nova York, e os médicos achavam que ela não iria sobreviver.

Ele informou Phoebe a respeito das condições meteorológicas, e ela lhe disse que Howie já estava a caminho e seu pai estava à cabeceira da mãe. Ele anotou o telefone do quarto no hospital, e Phoebe disse que, assim que desligasse, iria ela própria a Nova Jersey, para ficar com o pai dele no hospital até Howie chegar. Não saíram antes por estar aguardando o telefonema dele. "Não peguei você hoje de manhã por uma questão de minutos. O recepcionista me disse: '*Madame* e *monsieur* acabaram de sair pro aeroporto'."

"É", ele respondeu, "eu rachei um táxi com a agente do fotógrafo."

"Não, você rachou um táxi com aquela dinamarquesa de vinte e quatro anos com quem você está tendo um caso. Desculpe, não dá mais pra fingir que não estou vendo. Fingi que não vi com aquela secretária. Mas agora a humilhação foi longe demais.

Paris", exclamou, com repulsa. "Tanto planejamento. Tanta premeditação. As passagens, o agente de viagens. Me diga uma coisa: foi você ou foi a sua namoradinha romântica que teve a ideia de dar uma escapadela em Paris? Onde vocês dois comeram? Quais foram os restaurantes encantadores que frequentaram?"

"Phoebe, o que você está falando não tem nada a ver. Isso não faz sentido. Vou no primeiro avião que puder pegar."

Sua mãe morreu uma hora antes que ele conseguisse chegar ao hospital em Elizabeth. O pai e o irmão estavam sentados ao lado do corpo estendido no leito e coberto com um lençol. Ele jamais vira sua mãe num leito de hospital, embora ela, é claro, o tivesse visto em tais circunstâncias mais de uma vez. Tal como Howie, ela gozara de perfeita saúde toda a vida. Era ela que corria ao hospital para confortar os outros. Howie disse: "Não avisamos ao pessoal do hospital que ela morreu. Esperamos. A gente queria que você pudesse vê-la antes que eles a levassem". O que ele viu foi o contorno em alto-relevo de uma velha dormindo. O que viu foi uma pedra, aquele peso de pedra, sepulcral, que afirma: a morte é só a morte — nada mais.

Ele abraçou o pai, que lhe deu uns tapinhas na mão, dizendo: "É melhor assim. Você não ia querer que ela vivesse do jeito que ela ficou depois de ter aquele negócio".

Quando pegou a mão da mãe e a levou aos lábios, deu-se conta de que em poucas horas havia perdido as duas mulheres cuja dedicação constituíra a base de sua força.

Para Phoebe, ele mentiu, mentiu e mentiu, mas não adiantou. Disse-lhe que fora a Paris para terminar o caso com Merete. Só conseguiria fazê-lo face a face com ela, e no momento ela estava trabalhando lá.

"Mas no hotel, enquanto você terminava o caso, você não dormiu com ela na mesma cama?"

"Nós não dormimos. Ela chorou a noite inteira."

"Quatro noites inteiras? É choro demais para uma dinamarquesa de vinte e quatro anos. Acho que nem Hamlet chorou tanto."

"Phoebe, eu fui lá pra dizer a ela que terminou — e terminou *mesmo*."

"O que fiz de tão errado", perguntou Phoebe, "pra você querer me humilhar dessa maneira? Por que é que você quis destruir *tudo*? Será que estava tão horrível assim? Eu já devia ter me recuperado do choque, mas não consigo. Eu, que jamais duvidei de você, que jamais nem pensei em questionar você, agora nunca mais vou poder acreditar em nada que você disser. Nunca mais vou poder acreditar que você está dizendo a verdade. Você me magoou com aquela secretária, sim, mas eu fiquei calada. Você nem sabia que eu sabia, não é? Então, sabia?"

"Não, não sabia."

"Porque eu escondia meus pensamentos de você — infelizmente não consegui esconder de mim mesma. E agora você me magoa com a dinamarquesa e me humilha com essas mentiras, e desta vez eu *não* vou esconder meus pensamentos e ficar calada, não. Você conhece uma mulher madura, inteligente, uma companheira que sabe o que é reciprocidade. Ela livra você da Cecilia, dá a você uma filha incrível, muda toda a sua vida, e a única coisa que você resolve fazer por ela é comer essa dinamarquesa. Toda vez que eu olhava pro relógio, ficava me perguntando que horas seriam em Paris e o que vocês dois estariam fazendo. Foi assim todo o fim de semana. A base de tudo é a confiança, não é? Ou não é?"

Bastou ela pronunciar o nome de Cecilia para ele evocar na mesma hora as arengas vingativas impostas a seus pais por sua primeira mulher, que, quinze anos depois, para horror dele, revelou-se não apenas sua esposa abandonada Cecilia, mas também sua Cassandra: "Eu tenho pena dessa pirralha que vai me substituir — eu realmente tenho pena dessa piranha quacre!".

"A gente suporta qualquer coisa", dizia Phoebe, "mesmo se a confiança é violada, desde que o outro assuma. Aí a gente se torna companheira pela vida inteira de um modo diferente, mas ainda é possível continuar a ser companheira. Mas a mentira — a mentira é uma maneira vulgar e desprezível de controlar a outra pessoa. Você fica vendo a outra pessoa agir com base em informações incompletas — em outras palavras, se humilhando. A mentira é tão comum, e no entanto, quando você é a vítima dela, é uma coisa espantosa. Uma pessoa traída por um mentiroso como você vai acumulando uma lista cada vez maior de insultos, até que chega uma hora em que você não consegue mais respeitar essa pessoa, não é? Tenho certeza que um mentiroso habilidoso, persistente e desonesto como você acaba chegando a um ponto em que a pessoa para quem você está mentindo, e não você, é que parece ter sérias limitações. Você provavelmente nem acha que está mentindo — acha que faz isso por bondade, pra poupar os sentimentos da sua pobre companheira assexuada. Você deve achar que mentir é uma espécie de virtude, um ato generoso para proteger a boboca que ama você. Ou talvez seja só isto: uma série de mentiras descaradas, uma depois da outra. Mas que merda, o que adianta continuar falando — todas essas histórias são bem conhecidas", disse ela. "O homem perde a paixão no casamento e não consegue viver sem paixão. A mulher é pragmática. A mulher é realista. É verdade que a paixão acabou, ela está mais velha e não é mais o que era, mas ela se contenta com o afeto físico, ficar com ele na cama, um abraçando o outro. O afeto físico, a ternura, a camaradagem, a proximidade... Mas ele não aceita. Porque ele *não consegue viver sem a coisa*. Pois agora você vai ter que viver sem, meu caro. Vai ter que viver sem muita coisa. Vai aprender o que é viver sem as coisas! Ah, vá embora. Não suporto o papel que você me impôs. A pobre esposa de meia-idade, ressentida pela rejeição, consumida pela porcaria do ciúme! Revoltada! Repugnante! Ah, eu detesto você mais por isso que por qualquer outra coisa. Vá embora, vá embora desta casa. Não suporto ver você com essa cara de sátiro em dia de bom comportamento! Jamais vou absolver você — jamais! Nunca mais vou deixar que me tratem desse jeito! Vá, por favor! Me deixe em paz!"

"Phoebe..."

"Não! Não ouse me chamar pelo nome!"

Mas essas histórias são mesmo muito conhecidas, e não é necessário entrar em maiores detalhes. Phoebe o expulsou na noite após o enterro de sua mãe; eles se divorciaram depois de negociar um acordo financeiro, e como ele não sabia o que mais fazer para dar sentido ao que havia acontecido, como não imaginava outra maneira de parecer responsável — e também para se reabilitar, principalmente com Nancy —, alguns meses depois se casou com Merete. Como ele havia destruído tudo por causa daquela pessoa com a metade da sua idade, parecia lógico tocar para a frente e ajeitar as coisas outra vez tomando-a como sua terceira esposa — como homem casado, nunca teve a esperteza de se envolver, em casos de adultério ou paixão, com uma mulher que não estivesse livre.

Não demorou muito para ele descobrir que Merete era algo mais que aquele buraquinho, ou talvez algo menos. Descobriu que ela era incapaz de pensar qualquer coisa a fundo sem que todas as suas incertezas se intrometessem e distorcessem seu pensamento. Descobriu as verdadeiras dimensões de sua vaidade e, embora ela ainda estivesse na casa dos vinte, seu medo mórbido de envelhecer. Descobriu seus problemas com o serviço de imigração e a confusão que ela havia aprontado havia anos com a receita federal, por não ter pagado imposto de renda. E quando ele teve de sofrer uma operação de emergência nas coronárias, descobriu que Merete tinha pavor de doenças e era totalmente inútil em situações de perigo. Enfim, demorou um pouco para entender que toda a coragem dela estava canalizada para o erotismo, e que sua capacidade de levar tudo às últimas consequências no campo do erotismo era a única afinidade que havia entre os dois. Ele havia trocado a esposa mais prestativa que se podia imaginar por outra que entrava em parafuso sob pressão, por menor que fosse. Porém, no momento da catástrofe, casar-se com ela lhe pareceu a maneira mais simples de acobertar o crime.

Era terrível passar o tempo sem pintar. De manhã dava sua caminhada de uma hora, no final da tarde ficava vinte minutos se exercitando com pesos leves e meia hora nadando sem se esforçar demais na piscina — era esse o regime diário prescrito por seu cardiologista —, mas era só isso, eram esses os únicos acontecimentos de seu dia. Quanto tempo uma pessoa pode passar olhando para o mar, mesmo sendo o mar que ela ama desde criança? Quanto tempo ela pode ficar vendo a maré subir e descer sem se lembrar, como se lembraria qualquer um num devaneio à beira-mar, que a vida fora dada a ele, como a todos, de modo aleatório e fortuito, e apenas uma vez, sem nenhum motivo conhecido ou passível de ser conhecido? À noitinha, ele pegava o carro e ia comer enchova na brasa no deque de fundos da peixaria, que dava para a enseada de onde os barcos partiam para o mar, passando por baixo da velha ponte levadiça; e às vezes parava antes na cidadezinha onde sua família costumava passar as férias de verão. Ele saltava do carro, na estrada à beira-mar, ia até o deque e sentava-se nos bancos voltados para a praia e o mar, o mar estupendo que estava constantemente mudando sem jamais mudar, desde o tempo em que ele era um menino ossudo que enfrentava as ondas. Era exatamente naquele banco que seus pais e avós se sentavam ao cair da tarde para pegar a brisa e ver os vizinhos e amigos passando, e era naquela exata praia que sua família fazia piqueniques e pegava sol, e ele, Howie e seus amigos nadavam, embora agora a faixa de areia fosse duas vezes mais larga do que antes, devido a um projeto de engenharia realizado pelo Exército. No entanto, mesmo larga daquele jeito, continuava sendo a sua praia, o centro dos círculos em que sua mente dava voltas quando ele relembrava os melhores momentos da meninice. Mas quanto tempo um homem pode ficar relembrando os melhores momentos da meninice? Por que não desfrutar os melhores momentos da velhice? Ou seria o melhor da velhice justamente isto — relembrar com saudade o melhor da meninice, aquele rebento tubular que era seu corpo, que acompanhava as ondas desde lá longe, onde elas começavam a se formar, vinha carregado por elas com os braços voltados para a frente, como se fossem a ponta de uma seta e o resto do corpo magricela vindo atrás fosse a haste da seta, até o momento em que seu peito roçava contra as pedras e conchas ásperas do fundo, e ele se punha em pé e mais que depressa dava meia-volta e seguia em direção ao fundo até que a água estivesse à altura de seus joelhos, funda o bastante para ele mergulhar e começar a nadar loucamente em direção ao fundo, até o ponto em que as ondas se formavam — penetrando o Atlântico verde, que avançava inexorável como a realidade obstinada do futuro — e, quando tinha sorte, chegava lá no momento exato para pegar a próxima onda grande, e depois a próxima, e a próxima, e a próxima, até que, quando o sol ficava tão baixo que seus raios já roçavam a superfície do mar, ele percebia que era hora de voltar. Corria para casa descalço, molhado, salgado, relembrando a potência daquele mar imenso a ferver em seus ouvidos e lambendo o antebraço para sentir o gosto da pele recém-saída do oceano, tostada pelo sol. Juntamente com o êxtase de passar todo o dia sendo socado pelo mar até ficar tonto, aquele gosto e aquele cheiro o inebriavam de tal modo que por um triz ele não cravava os dentes na sua carne para arrancar um pedaço e saborear sua própria existência carnal.

O mais rápido que podia, cruzava as calçadas de concreto ainda quentes e, quando chegava à pensão, ia para os fundos, entrando no chuveiro ao ar livre com paredes encharcadas de madeira compensada, onde a areia molhada caía em chumaços de seu calção quando ele o tirava, puxando-o para baixo, e depois o colocava sob o fluxo da água gelada que batia em sua cabeça. A força constante da maré, a tortura da calçada ardente, o choque revigorante da chuveirada gelada, a felicidade daqueles músculos novos e tensos, dos membros esguios, da carne bronzeada de sol, marcada por uma única cicatriz clara, da operação de hérnia, escondida junto à virilha — não havia nada naqueles dias de agosto, depois que os submarinos alemães foram destruídos e não era mais necessário preocupar-se com a presença de marinheiros afogados, que não fosse maravilhosamente límpido. E não havia nada em sua perfeição física que lhe desse motivo para não julgá-la inviolável.

Quando voltava do jantar, tentava ler. Tinha uma biblioteca de livros de arte grandes que enchia uma das paredes do estúdio; passara toda a vida acumulando e estudando aqueles livros, mas agora não conseguia ficar sentado na sua cadeira de leitura e virar as páginas de um único volume sem se sentir ridículo. A ilusão — pois era assim que encarava a coisa agora — perdera seu poder sobre ele, e assim os livros tinham apenas o efeito de ampliar a sensação de que era um amador ridiculamente pretensioso, correndo atrás da meta inalcançável a que ele dedicara seus anos de aposentadoria.

Passar um tempo um pouco mais prolongado em companhia dos moradores de Starfish Beach também era insuportável. Ao contrário dele, muitos não apenas conseguiam travar conversas inteiras em torno dos netos, como também achavam que a existência desses netos era uma justificativa suficiente para sua existência. Quando se via preso na companhia deles, às vezes tinha a impressão de sentir a solidão em sua forma mais pura. E mesmo com os moradores que eram pessoas mais reflexivas, que sabiam falar, ele só gostava de ter contatos eventuais. Em sua maioria, os moradores idosos da cidadezinha estavam casados havia décadas, e ainda tinham vínculos tão fortes com o que restava da sua felicidade matrimonial que era raro ele poder convencer o marido a ir almoçar com ele sem a esposa. Ainda que sentisse um anseio melancólico ao contemplar esses casais à hora do crepúsculo ou nas tardes de domingo, bastava pensar no resto das horas da semana para que compreendesse que a vida desses casais não era para ele, quando então se sentia no auge da melancolia. A conclusão a que chegava é que não tinha nada que ter se mudado para uma comunidade de aposentados. Havia cortado suas raízes justamente no momento em que a idade exigia que ele estivesse tão arraigado quanto no tempo em que dirigia o departamento de criação da agência publicitária. Ele sempre se sentira revigorado pela estabilidade, nunca pela imobilidade. E sua vida atual era pura estagnação. Agora lhe faltavam todas as formas de alívio, vivia uma esterilidade disfarçada de consolo, e não era possível voltar atrás. Uma sensação de alteridade o dominava — "alteridade", uma palavra de sua linguagem particular que se referia a um estado de ser que lhe era quase inteiramente desconhecido até que sua aluna de pintura Millicent Kramer a usara, de modo desconcertante, para se queixar de sua condição física. Agora nada mais despertava sua curiosidade nem satisfazia suas necessidades — nem a pintura, nem a família, nem os vizinhos, nada, só as jovens que passavam por ele correndo no deque de manhã. Meu Deus, pensava ele, o homem que fui! A vida que me cercava! A força que eu tinha! Não havia "alteridade" em lugar algum! Era uma vez o tempo em que eu era um ser humano completo.

Havia uma moça em particular para quem ele sempre acenava quando ela passava correndo, e um dia resolveu lhe dirigir a palavra. Ela sempre respondia a seu aceno e sorria, e depois ele ficava a vê-la se afastando, melancólico. Dessa vez parou-a. Exclamou: "Moça, moça, quero falar com você", e em vez de balançar a cabeça e exclamar, ofegante, "Agora não", como ele a imaginava fazendo, a jovem parou e voltou correndo para o lugar onde ele a aguardava, junto à escada de madeira que descia para a areia da praia, e ficou parada, as mãos nos quadris, a menos de meio metro dele, molhada de suor, uma criaturinha de formas perfeitas. Até relaxar por completo, ficou batendo no chão do deque com o pé calçado no tênis de corrida, como se fosse um pônei, olhando para aquele homem desconhecido de óculos escuros, com um metro e noventa de altura e abundantes cabelos crespos e grisalhos. Por acaso, aquela moça havia trabalhado por sete anos numa agência publicitária na Filadélfia, agora estava morando ali à beira-mar e no momento estava gozando duas semanas de férias. Quando ele lhe disse o nome da agência nova-iorquina em que trabalhara quase a vida inteira, ela ficou muito bem impressionada; seu patrão era uma figura lendária, e por dez minutos ficaram tendo o tipo de conversa de publicitários que jamais o interessara. Ela teria vinte e muitos anos, e no entanto, com os cabelos avermelhados, compridos e secos, presos atrás, de short e camiseta sem manga, pequena do jeito que era, poderia passar por uma menina de catorze anos. Ele se esforçava para que seu olhar não se fixasse no volume dos seios, que subiam e desciam ao sabor de sua respiração. Era um tormento afastar-

-se dela. A ideia em si era uma afronta a seu bom senso e uma ameaça à sua sanidade. A excitação que o dominava era desproporcional a tudo o que havia acontecido e poderia acontecer. Não bastava esconder sua fome; para não enlouquecer, era necessário aniquilá-la. No entanto, ele persistia em executar seu plano, ainda acreditando um pouco na possibilidade de que alguma combinação de palavras pudesse ter o efeito de salvá-lo da derrota. Disse: "Sempre vejo você correndo". Ela o surpreendeu respondendo: "E eu vejo você me vendo". "Você topa?", ele deu por si perguntando a ela, porém sentindo que aquele encontro agora havia escapado de seu controle e que tudo estava indo depressa demais — sentindo que estava sendo ainda mais imprudente, como se tal coisa fosse possível, do que no dia em que pendurou no pescoço de Merete, em Paris, aquele pingente que custava uma pequena fortuna. Phoebe, a esposa dedicada, e Nancy, a filha querida, estavam em casa, em Nova York, aguardando a sua volta — ele tinha falado com Nancy na véspera, poucas horas depois que ela voltara da colônia de férias — e mesmo assim ele disse à vendedora: "A gente vai levar. Não precisa embrulhar. Deixa que eu mesmo faço, Merete. Eu cresci mexendo nesses fechos. Este é do tipo chamado tubular. Nos anos 30, era o que havia de mais seguro para uma joia como esta. Vamos, vire o pescoço para mim". "O que é que você tem em mente?", perguntou a corredora, ousada, tão ousada que ele se sentiu em desvantagem e por um momento não soube o que responder. O ventre dela estava bronzeado de sol, seus braços eram finos e suas nádegas volumosas eram arredondadas e firmes, e as pernas esguias tinham músculos fortes, e os seios eram substanciais para uma mulher de pouco mais de um metro e meio de altura. Tinha as formas voluptuosas de uma das garotas dos desenhos que Alberto Vargas fazia para as revistas nos anos 40, só que era uma garota de Vargas em miniatura, infantilizada, justamente o que o levara a acenar para ela.

Ele dissera: "Você topa?" e ela respondera: "O que é que você tem em mente?". E agora? Ele tirou os óculos escuros para que a moça pudesse ver seus olhos quando olhasse para ela. Teria ela consciência do que dava a entender com uma resposta assim? Ou era apenas algo que ela dizia para dizer alguma coisa, para dar a impressão de que estava no comando, muito embora estivesse assustada, tendo perdido o pé? Trinta anos antes, ele não teria dúvida quanto ao desfecho da sua insistência, muito embora ela fosse tão jovem, e a possibilidade de uma rejeição humilhante nem sequer lhe teria ocorrido. Porém havia perdido o prazer da autoconfiança, e com ele o lado lúdico daquela conversa. Tentou o melhor que pôde disfarçar sua ansiedade — e o impulso para tocá-la — e o desejo por um corpo exatamente como aquele — e a inutilidade de tudo aquilo — e sua própria insignificância. E pelo visto conseguiu, pois quando pegou na carteira um pedaço de papel e anotou seu telefone, ela não fez careta e saiu correndo rindo, porém pegou o papel com um sorrisinho simpático e felino, que poderia muito bem vir acompanhado de um ronronar. "Você sabe onde eu estou", disse ele, sentindo um enrijecimento inacreditável dentro das calças, de uma rapidez mágica, como se tivesse quinze anos de idade. E sentindo também aquela consciência aguçada de individualização, de singularidade sublime, que caracteriza um novo encontro sexual ou caso de amor, e que é o oposto da despersonalização debilitante da doença grave. Ela vasculhou o rosto dele com dois olhos azuis grandes e vivazes. "Tem alguma coisa em você que é diferente", disse ela, pensativa. "Tem, sim", ele retrucou, rindo. "Eu nasci em 1933." "Você me parece estar bem em forma", ela respondeu. "E você também me parece estar bem em forma", disse ele. "Você sabe onde me encontrar", repetiu. Com um gesto cativante, ela sacudiu o papel no ar como se fosse um sininho, e, para a delícia de seu interlocutor, enfiou-o bem fundo dentro da camiseta suada antes de voltar a correr.

A moça jamais telefonou. E, em suas caminhadas, ele nunca mais voltou a vê-la. Certamente ela resolveu passar a correr num outro trecho da praia, frustrando desse modo seu desejo de uma derradeira grande explosão de tudo.

Pouco depois do gesto tresloucado com a moça de short e camiseta que parecia uma criança, resolveu vender a casa na praia e voltar para Nova York. A seu ver, desistir de morar na praia era assumir um fracasso, um fracasso quase tão doloroso quanto o que acontecera com seu projeto de pintar nos últimos seis meses. Mesmo antes do Onze de Setembro, já pensava em levar o tipo de vida que estava levando havia três anos; a catástrofe de Onze de Setembro parecera acelerar a oportunidade de dar uma grande virada em sua vida, quando na verdade assinalara o início de sua vulnerabilidade e de seu exílio. Porém agora resolveu vender a casa e tentar encontrar um lugar em Nova York perto do apartamento de Nancy no Upper West Side. Como o valor da casa havia quase dobrado no pouco tempo em que ele fora seu proprietário, talvez conseguisse levantar dinheiro suficiente para comprar um apartamento perto da Columbia University grande o bastante para que todos pudessem morar juntos. Ele pagaria as contas da casa e ela poderia cobrir suas despesas pessoais com a pensão do ex-marido. Nancy poderia voltar a trabalhar três dias por semana e passar quatro dias inteiros com as crianças, o que ela vinha planejando — porém sem as condições financeiras de realizar — desde que voltara a trabalhar ao final da licença-maternidade. Nancy, os gêmeos e ele. Era um plano que valia a pena propor a ela. Talvez sua filha não se importasse de receber aquela ajuda, e ele ansiava pela companhia de uma pessoa íntima, um relacionamento de dar e receber, e quem melhor em todo o mundo do que Nancy?

Permitiu-se umas duas semanas para pensar direito no plano, para decidir se de fato poderia dar certo e calcular se não pareceria desesperado ao propô-lo. Por fim, quando decidiu que por ora não diria nada a Nancy, porém iria apenas passar o dia em Nova York para começar a investigar, por conta própria, a possibilidade de encontrar um apartamento na faixa de preço que lhe parecia viável no qual os quatro pudessem morar com conforto, veio uma onda de notícias ruins pelo telefone, primeiro a respeito de Phoebe, e no dia seguinte sobre três ex-colegas seus.

Ficou sabendo do derrame de Phoebe quando o telefone tocou um pouco depois das seis e meia da manhã. Era Nancy ligando do hospital. Phoebe lhe havia ligado cerca de uma hora antes para lhe dizer que alguma coisa estava acontecendo com ela, e quando Nancy conseguiu levá-la até o pronto-socorro, a mãe já falava com tanta dificuldade que era difícil entendê-la, e não tinha mais movimentos no braço direito. Haviam acabado de fazer a ressonância magnética, e Phoebe estava descansando no quarto.

"Mas um derrame, numa pessoa jovem e saudável como a sua mãe? Será que teve alguma coisa a ver com as enxaquecas? É possível?"

"Eles acham que foi o remédio que ela estava tomando por causa das enxaquecas", respondeu Nancy. "Foi o primeiro remédio a fazer efeito. Ela sabia que havia um pequeno risco de causar um derrame. Ela sabia. Mas depois que o remédio começou a fazer efeito, depois que ela se livrou daquela dor pela primeira vez em cinquenta anos, ela achou que valia a pena correr o risco. Ela teve três anos milagrosos em que não sentiu nenhuma dor. Foi uma felicidade."

"Até agora", ele acrescentou, melancólico. "Até acontecer isso. Quer que eu vá até aí?"

"Qualquer coisa, eu aviso. Vamos ver como estão indo as coisas. Eles acham que ela está fora de perigo."

"Ela vai se recuperar? Ela vai poder falar?"

"Diz o médico que sim. Ele acha que ela vai se recuperar cem por cento."

"Que maravilha", ele exclamou, porém pensou: vamos ver o que ele vai achar daqui a um ano.

Sem que ele lhe fizesse nenhuma pergunta, Nancy foi lhe dizendo: "Quando sair do hospital, ela vai morar comigo. A Matilda fica com ela de dia e eu fico o resto do tempo". Matilda era a babá, uma mulher de Antígua que cuidava das crianças desde que Nancy voltara a trabalhar.

"Uma boa ideia", disse ele.

"A recuperação vai ser total, mas vai levar um bom tempo."

Era justamente naquele dia que ele pretendia ir a Nova York para começar a procurar um apartamento para todos eles; em vez disso, após consultar Nancy, foi visitar Phoebe no hospital e depois voltou para sua casa na praia ao final da tarde, para retomar sua vida solitária. Nancy, os gêmeos e ele — a ideia era ridícula desde o início, e além disso injusta, um recuo em relação à promessa que ele fizera a si próprio, após se mudar para a praia, no sentido de proteger sua filha demasiadamente sensível dos temores de vulnerabilidade de um velho. Agora que Phoebe estava muito doente, a mudança que ele imaginara se tornara impossível de qualquer modo, e ele prometeu a si mesmo jamais voltar a pensar num plano semelhante. Não podia deixar que Nancy o visse tal como ele era agora.

No hospital, encontrou Phoebe na cama com um ar perplexo. Além da fala arrastada causada pelo derrame, sua voz estava quase inaudível, e ela tinha dificuldade para engolir. Foi necessário puxar a cadeira para bem perto do leito para poder entender o que ela dizia. Havia décadas que os dois não estavam tão próximos fisicamente, desde aquela viagem a Paris com Merete, durante a qual sua mãe teve um derrame e morreu.

"A paralisia é apavorante", disse ela, olhando para o braço direito inerte a seu lado. Ele concordou com a cabeça. "A gente olha pra ele", disse ela, "e manda ele se mexer..." Ele esperou enquanto as lágrimas escorriam pelo rosto de Phoebe e ela, com dificuldade, terminava a frase. Quando não conseguiu, ele próprio a concluiu: "E ele não se mexe", disse, em voz baixa. Agora foi Phoebe a concordar com a cabeça, e ele se lembrou daquela explosão de fluência verbal com que ela anunciara ter descoberto a traição do marido. Como ele desejava que Phoebe pudesse escaldá-lo com aquela lava agora! Qualquer coisa, qualquer coisa, uma acusação, um protesto, um poema, uma campanha publicitária para a American Airlines, um anúncio de página inteira para *Seleções do Reader's Digest* — qualquer coisa, desde que ela pudesse recuperar a fala! Phoebe — aquela pessoa tão lúdica, tão cheia de palavras, franca e aberta — amordaçada! "É tudo aquilo que você pode imaginar", disse ela, com dificuldade.

A beleza de Phoebe, que sempre fora frágil, agora estava esmagada, destroçada, e embora fosse uma mulher alta, sob o lençol do leito de hospital parecia encolhida, já pronta para entrar em decomposição. Como podia o médico dizer a Nancy que o golpe implacável sofrido por sua mãe não deixaria nenhuma marca duradoura? Ele debruçou-se para tocar no cabelo dela, o cabelo branco e macio, esforçando-se para não chorar e relembrando mais uma vez — as enxaquecas, o nascimento de Nancy, o dia em que ele viu Phoebe Lambert na agência, jovem, assustada, de uma inocência fascinante, uma moça bem-criada e, ao contrário de Cecilia, livre do impacto de uma infância caótica, uma moça em que tudo era saúde e equilíbrio, que não era dada a explosões, e no entanto não era em absoluto uma pessoa simples: o melhor em matéria de naturalidade que os quacres da Pensilvânia e o Swarthmore College podiam produzir. Lembrava-se da vez em que ela recitara de cor, para ele, sem nenhuma ostentação e num inglês medieval perfeito, o prólogo dos *Cantos de Cantuária* de Chaucer, e também das expressões antiquadas que ela aprendera com o pai, homem muito formal — coisas como "É mister que se entenda" e "Não seria demais afirmar", que por si teriam bastado para fazê-lo se apaixonar por ela mesmo que ele não a tivesse visto pela primeira vez entrando, decidida, pela porta aberta de sua sala, uma jovem madura, a única da agência que não usava batom, alta, seios chatos, o cabelo claro preso atrás para exibir a extensão do pescoço e as orelhas delicadas de criança. "Por que é que às vezes você ri do que eu digo?", Phoebe lhe perguntou na segunda vez que ele a levou para jantar, "por que é que você ri quando estou sendo completamente séria?" "Porque você me encanta e não tem consciência de que é encantadora." "Tenho muito que aprender", disse ela no táxi em que ele a levou para casa; quando ele respondeu baixinho, sem trair o menor vestígio da ânsia que o dominava, "Eu ensino a você", ela foi obrigada a cobrir o rosto com as mãos. "Estou toda vermelha. Eu fico ruborizada", explicou. "E quem não fica?", ele replicou, e acreditou que o que a fizera ruborizar-se foi pensar que ele se referia não ao tema da conversa — todas as obras de arte que ela jamais vira —, e sim ao ardor sexual; e era isso mesmo que ele tinha em mente. No táxi, não estava pensando em mostrar a ela os Rembrandt do Metropolitan Museum, e sim nos dedos compridos e na boca larga de Phoebe, se bem que pouco depois ele a levaria não apenas ao Metropolitan, mas também ao MOMA, à Frick e ao Guggenheim. Relembrou a vez em que ela tirou o maiô atrás das dunas, onde ninguém a veria. Lembrou que naquela mesma tarde, horas depois, eles voltaram juntos para casa, a nado, cruzando a baía. Lembrou que tudo naquela mulher franca, sem afetações, era empolgante e imprevisível. Lembrou-se da nobreza de sua retidão. Contra suas próprias intenções, ela brilhava. Lembrou que lhe dissera: "Não posso viver sem você", e que Phoebe respondera: "Ninguém nunca me disse isso antes", e ele admitiu: "Eu nunca disse isso a ninguém". O verão de 1967. Ela estava com vinte e seis anos.

E aí, para completar, no dia seguinte, teve notícias de alguns ex-colegas, homens com quem ele trabalhava e muitas vezes almoçava no tempo em que todos atuavam na agência de publicidade. Um era o supervisor de criação chamado Brad Karr, que fora hospitalizado por depressão suicida; o segundo, Ezra Pollock, estava com câncer terminal aos setenta anos; e o terceiro, seu patrão, um homem poderoso, bondoso e racional que andava pela empresa com os contratos mais lucrativos no bolso, agia de modo quase maternal com seus favoritos, havia anos sofria de problemas cardíacos e convivia com os efeitos de um derrame, e cuja foto ele viu, atônito, no obituário do *New York Times*: "Clarence Spraco, assessor de Eisenhower durante a guerra e inovador da publicidade, morre aos oitenta e quatro anos".

Imediatamente telefonou para a mulher de Clarence, que morava numa clínica para idosos nos montes Berkshire.

"Alô, Gwen", disse ele.

"Alô, meu querido. Como é que você está?"

"Eu estou bem. E você?", ele perguntou.

"Estou bem. Meus filhos vieram. Tem muita gente me fazendo companhia. E muita gente me ajudando. Eu tinha tanta coisa pra dizer a você. De certo modo, eu estava preparada, mas sob um certo aspecto ninguém nunca está preparado. Cheguei em casa e encontrei o Clarence morto no chão, e foi um choque terrível. Ele já estava morto havia umas duas horas. Parece que morreu na hora do almoço. Eu tinha ido almoçar fora, essas coisas. Sabe, para ele foi uma boa morte. Foi de repente, e ele não teve outro derrame, senão ia ficar debilitado e ter que ser internado."

"Foi derrame ou infarto?", ele perguntou.
"Infarto do miocárdio."
"Ele andava se sentindo mal?"
"Bom, a pressão dele... é, ele tinha muito problema com a pressão. E no último fim de semana ele não estava se sentindo nada bem. A pressão tinha subido outra vez."
"Não dava pra controlar com remédios?"
"Dava, sim. Ele tomava um monte de remédio. Mas pelo visto as artérias dele estavam muito danificadas. Você sabe, artérias danificadas e velhas, e chega uma hora que o corpo se gasta. E ele já estava muito cansado. Ele me disse há umas duas noites: 'Estou tão cansado!'. Ele até queria viver, mas não havia mais jeito de manter o Clarence vivo. A velhice é uma batalha, meu querido, quando não é uma coisa, é outra. Uma batalha implacável, justamente quando você está mais fraco e mais impossibilitado de enfrentar a luta como antes."
"O obituário dele está muito simpático. Reconhece que ele era uma pessoa especial. Pena que não tive oportunidade de falar ao jornal sobre a capacidade maravilhosa do Clarence de reconhecer o valor das pessoas que trabalhavam com ele. Vi a foto dele hoje", prosseguiu, "e me lembrei de um dia há muitos anos, quando um cliente me levou pra almoçar no Four Seasons, e nós estávamos descendo aquela escadaria e entrando no salão quando esbarramos no Clarence. O meu cliente estava muito comunicativo, e disse: 'Clarence, como é que você está? Você conhece esse jovem diretor de arte?'. E o Clarence respondeu: 'Conheço, sim. Graças a Deus que eu conheço. Graças a Deus que a agência conhece'. Ele vivia fazendo isso, e não era só comigo, não."
"Ele tinha a maior admiração por você, meu querido. Quando dizia essas coisas, estava falando sério. Eu lembro", continuou, "que ele descobriu você no meio dos outros quando não havia nem um ano que você estava na agência. Ele chegou em casa

e me falou sobre você. O Clarence tinha o maior olho para descobrir talentos criativos; descobriu e promoveu você a diretor de arte quando você ainda nem tinha acabado de pagar penitência na sessão de folhetos."

"Ele foi muito bom pra mim. Na minha cabeça, ele era o general."

"Quando ele servia o Eisenhower, ele só chegou a coronel."

"Pra mim, era um general. Eu poderia dizer um monte de coisas que estão na minha cabeça agora." A sugestão de Clarence de que ele fosse trepar com a secretária no apartamento dela, e não no escritório, não era uma dessas coisas.

"Me diga, por favor. Quando você fala sobre ele, é como se ele ainda estivesse aqui", disse Gwen.

"Bom, teve uma vez em que a gente ficou trabalhando, durante umas duas ou três semanas, até depois de meia-noite, às vezes até duas ou três da madrugada, pra ganhar o contrato da Mercedes-Benz. Era um dos maiores contratos, e nós trabalhamos feito loucos, mas não conseguimos. Quando tudo terminou, o Clarence me disse: 'Quero que você e sua mulher passem um fim de semana prolongado em Londres. Quero que fiquem no Savoy porque é o meu hotel favorito, e quero que você e a Phoebe vão jantar no Connaught. E sou eu que pago a conta'. Naquele tempo, isso era um presente e tanto, e olhe que a gente havia perdido o contrato. Eu poderia ter contado isso pros jornais, e outras histórias assim."

"É, a imprensa tem sido fantástica", disse Gwen. "Até mesmo aqui. Saiu um artigo sobre ele no *Berkshire Eagle*. Um artigo longo, com uma foto maravilhosa, e muito elogioso. Falaram bastante do que ele fez na guerra, disseram que ele era o coronel mais jovem do exército. Acho que o Clarence ia achar graça e gostar de ver todo o reconhecimento que ele está tendo."

"Olha, pelo menos agora você parece estar bem."

"Mas é claro que estou bem agora — estou ocupada, cheia de gente em volta de mim. Difícil vai ser quando estiver sozinha."

"O que é que você vai fazer? Vai continuar aí em Massachusetts?"

"Vou sim, por enquanto. Conversei sobre isso com o Clarence. Eu disse a ele: 'Se você for embora antes de mim, vou vender a casa e voltar pra Nova York'. Mas as crianças não vão gostar se eu fizer isso, porque elas acham que devo ficar mais um ano."

"Elas devem ter razão. Às vezes as pessoas se arrependem das coisas que fazem num impulso."

"É verdade", disse ela. "E como está a Nancy?"

"Está ótima."

"Sempre que penso na Nancy menina, fico sorrindo. Ela era a vida em pessoa. Me lembro de vocês dois cantando juntos 'Smile' na nossa casa. A gente estava morando em Turtle Bay. Foi uma tarde, faz tanto tempo! Você tinha ensinado a música a ela. Ela devia ter seis anos no máximo. *Smile, tho' your heart is aching* — como é mesmo a letra? —, *smile even tho' it's breaking*. Você comprou para ela o disco de Nat King Cole. Você se lembra? Eu me lembro."

"Eu também me lembro."

"E a Nancy? Ela se lembra?"

"Garanto que se lembra também. Gwen, estou pensando em você e sentindo com você."

"Muito obrigada, meu querido. Tanta gente telefonou. O telefone não para há dois dias. Tanta gente chorando, tanta gente me dizendo como ele era importante para elas. Pena o Clarence não poder ver tudo isso. Ele sabia como era importante para a agência, mas você sabe que ele também precisava de reconhecimento, como todo mundo nesta vida."

"Pois ele era muitíssimo importante pra todos nós. Olha, depois a gente conversa mais", disse ele.

"Está bem, meu querido. Muito obrigada por telefonar."

Ele levou algum tempo até confiar na sua voz o bastante para poder dar outro telefonema. A mulher de Brad Karr lhe deu o nome do hospital em Manhattan onde ele estava internado como paciente psiquiátrico. Ligou diretamente para o quarto de Brad, lembrando-se da época em que fizeram aquele anúncio tipo "fatia de vida" para o café Maxwell House, quando ainda eram garotos na faixa dos vinte, começando a vida juntos, trabalhando em equipe, um como redator e o outro como diretor de arte, e eles quebraram o recorde em matéria de índice de *recall* no dia seguinte. Trinta e quatro, o índice mais alto da história da Maxwell House. Era o dia da comemoração de Natal do grupo, e Brad, sabendo que Clarence estaria presente, mandou seu parceiro fazer *buttons* de papelão com o número trinta e quatro, e todo mundo usou o *button*, e Clarence passou para dar parabéns a ele e a Brad e até mesmo pôs um *button* na lapela, e depois foram para a festa.

"Alô, Brad? É o seu velho amigo ligando da praia."

"Alô. Oi."

"E aí, rapaz? Liguei pra sua casa ainda há pouco. Me deu vontade de conversar depois de tanto tempo, e a Mary me disse que você estava hospitalizado. Foi assim que fiquei sabendo onde você estava. Como é que vai?"

"É, eu estou bem. Na medida do possível."

"Como é que você está se sentindo?"

"Bom, não é dos melhores lugares pra se estar, não."

"É muito ruim?"

"Podia ser pior. Quer dizer, este até que é dos melhores. Não é mau. Não recomendo pra passar férias, mas dá pra aguentar."

"Há quanto tempo você está aí?"

"Ah, mais ou menos uma semana." Mary Karr tinha acabado de lhe explicar que ele já estava lá havia um mês, que era sua segunda internação em um ano e que, entre uma e outra internação, as coisas não andaram nada bem. A fala de Brad estava arrastada e incerta — provavelmente por efeito da medicação — e marcada pelo peso da desesperança. "Espero sair em breve", disse ele.

"O que é que você faz o dia todo?"

"Ah, a gente fica recortando bonequinhos de papel. Coisas assim. Fico andando pelo corredor de um lado para outro. Tentando manter a sanidade."

"O que mais?"

"Faço terapia. Tomo remédio. Eu me sinto um verdadeiro piloto de provas de medicamento."

"Além do antidepressivo, você toma outras coisas?"

"Tomo. É basicamente depressão. É menos os tranquilizantes que os antidepressivos. Eles estão funcionando, eu acho."

"Você consegue dormir?"

"Ah, estou dormindo, sim. No começo tinha um pouco de dificuldade, mas esse problema eles já resolveram."

"Você conversa com um médico durante o dia?"

"Converso." Brad riu, e pela primeira vez parecia o velho Brad de antigamente. "Não adianta nada. Ele é simpático. Diz pra gente segurar as pontas que tudo vai acabar bem."

"Bradford, você se lembra daquela vez que você ficou puto com o Clarence não sei mais por que, e você pediu demissão a ele? Eu disse pra você não fazer isso. Aí você falou: 'Mas eu já pedi demissão'. 'É só voltar atrás', respondi. E foi o que você fez. Só mesmo o Clarence, só mesmo aquela agência pra engolir uma coisa assim de um redator, não é? Você fez isso duas vezes, que eu me lembre. E ainda ficou mais dez anos."

Ele conseguira fazer Brad rir mais uma vez. "É, eu sempre fui pirado", disse.

"Nós trabalhamos juntos muitos anos. Tantas horas calados juntos, centenas de horas, talvez milhares de horas silenciosas juntos na sua sala ou na minha, tentando resolver um problema."

"Não é de jogar fora, não", disse Brad.

"É isso aí. *Você* não é de jogar fora. Não se esqueça disso."

"Obrigado, meu amigo."

"Então, quando é que você sai daí?", ele perguntou a Brad. "Quando é que você acha que isso vai acontecer?"

"Bom, não sei. Imagino que seja coisa de umas duas semanas. Desde que vim para cá, estou me sentindo muito menos deprimido que antes. Estou me sentindo quase bem. Acho que vou me recuperar."

"É uma boa notícia. Eu telefono de novo. Espero conversar com você em circunstâncias melhores muito em breve."

"Está bem. Obrigado por ligar", disse Brad. "Muito obrigado. Gostei muito de você ligar."

Terminada a ligação, ele se perguntou: será que ele sabia que era eu? Será que se lembrava mesmo das coisas que relembrei? A julgar pela voz, a impressão que se tem é que ele nunca mais vai sair de lá.

Agora o terceiro telefonema. Não conseguiu se conter e fez a ligação, embora a notícia sobre a internação de Brad e a morte de Clarence e a constatação do quanto Phoebe ficara avariada com o derrame lhe dessem muito o que pensar por algum tempo. E mais a lembrança de Gwen do dia em que ele ensinou Nancy a cantar "Smile" como Nat King Cole. O terceiro telefonema era para Ezra Pollock, que provavelmente não estaria vivo no final do mês, mas que, para surpresa sua, atendeu como se fosse uma pessoa feliz e realizada, confiante como sempre.

"Ez", disse ele, "e aí? Você parece estar nas nuvens."

"A conversa me anima, porque conversar é meu único lazer."

"E você não está deprimido?"

"Nem um pouco. Não tenho tempo pra ficar deprimido. Sou só concentração." Rindo, Ezra acrescentou: "Agora caíram todas as máscaras".

"Até mesmo a sua?"

"Isso mesmo, acredite ou não. Agora comigo não tem mais embromação, e finalmente estou fazendo o que era preciso fazer. Comecei a escrever minhas memórias do mundo da publicidade. Antes de ir embora desta, a gente tem que encarar os fatos, campeão. Se eu viver, vou escrever umas coisas legais."

"Não vá esquecer de contar aquele dia em que você entrou na minha sala dizendo: 'Olha, o prazo final é amanhã de manhã — quero aquele *storyboard* na minha mão quando entrar aqui'."

"Funcionou, não é?"

"Você trabalhava duro, Ez. Uma vez eu perguntei a você por que é que a porra do tal detergente era tão suave pras mãos delicadas de uma mulher. Você me entregou vinte páginas sobre babosa. Eu ganhei o prêmio para diretores de arte por causa daquela campanha, e foi graças a essas páginas. Você é que merecia ganhar. Quando você melhorar a gente vai almoçar e eu vou levar a estátua pra você."

"Combinado", disse Ez.

"E como é a dor? Você tem dores?"

"Tenho, sim. Mas já aprendi a lidar com a dor. Eu tomo uns remédios especiais e tenho cinco médicos. Cinco. Um oncologista, um urologista, um clínico geral, uma enfermeira especializada em cuidados paliativos e um hipnotista pra me ajudar a controlar a náusea."

"A náusea é causada pelo quê, pela terapia?"

"É, mas o câncer também dá náusea. Eu vomito muito."

"Isso é o pior de tudo?"

"Às vezes sinto minha próstata como se eu estivesse tentando excretá-la."

"Eles não podem tirar?"

"Não ia adiantar. É tarde demais. E é uma operação complicada. Meu peso está muito reduzido. Estou com pouco sangue. Eu ia enfraquecer demais, e também teria que abandonar o tratamento. Conversa fiada, essa história que a evolução é lenta", disse Ezra. "É rápida feito um raio. Eu não tinha nada na próstata até meados de junho, mas em meados de agosto a coisa já tinha se espalhado tanto que nem dava mais pra remover. É muito rápido, mesmo. Por isso é bom você cuidar da sua próstata, rapaz."

"É muito triste ouvir isso tudo. Mas é bom saber que está animado assim. Você continua o mesmo de sempre, mais do que nunca."

"Eu só queria era escrever essas memórias", disse Ez. "Estou há muito tempo falando sobre elas, agora tenho mais é que escrever. Tudo que aconteceu comigo na publicidade. Se conseguir escrever esse texto, vou poder dizer às pessoas quem eu sou. Se conseguir, vou morrer sorrindo. E você, está trabalhando bem? Está pintando? Você sempre dizia que ia pintar? Está mesmo?"

"Estou, sim. Estou pintando todos os dias. A coisa vai bem", mentiu.

"Pois eu nunca consegui escrever esse livro, você sabe. Foi só eu me aposentar que me deu um tremendo bloqueio. Mas, assim que fiquei com câncer, os bloqueios quase todos sumiram. Agora posso fazer o que quiser."

"É uma terapia brutal para casos de bloqueio."

"É", disse Ez, "acho que é. Eu não recomendo não. Sabe, talvez eu até consiga. Aí a gente marca aquele almoço e você me dá a estátua. Se eu conseguir, os médicos dizem que posso ter uma vida normal."

Se Ez já estava com uma enfermeira especializada em cuidados paliativos para pacientes terminais, era pouco provável que os médicos tivessem dito tal coisa. Se bem que talvez eles o tivessem dito para levantar seu moral, ou talvez ele imaginasse ter ouvido, ou talvez fosse só uma manifestação da sua arrogância, aquela sua arrogância maravilhosa e inerradicável. "Pois estou torcendo por você, Ez", disse ele. "Se quiser falar comigo, anote o meu telefone." E deu o número a ele.

"Bom", disse Ezra.

"Estou sempre aqui. Se você estiver a fim, é só me ligar. Qualquer hora. Está bem?"

"Ótimo. Eu ligo, sim."

"Então está bem. Até logo."

"Até logo. Por ora", disse Ezra. "Pode começar a lustrar a estátua."

Durante algumas horas depois dos três telefonemas seguidos — e depois da banalidade e inutilidade previsíveis daquela tentativa de levantar ânimos, de fazer reviver o velho *esprit de corps* relembrando episódios das vidas de seus colegas, tentando encontrar coisas para dizer que pudessem animar os desesperançados e fazê-los recuar da beira do abismo —, o que ele queria fazer era não apenas ligar para sua filha, que encontrou no hospital com Phoebe, mas também reanimar a si próprio telefonando para seus pais e conversando com eles. No entanto, o que ele aprendera não era nada em comparação com a desgraça inevitável que é o final da vida. Se fosse tomar conhecimento do sofrimento mortal de cada homem e mulher que conhecera durante todos os seus anos de vida profissional, da história dolorosa de arrependimento, perda e estoicismo de cada um, de medo, pânico, isolamento e terror, se soubesse que cada coisa que lhes pertencera do modo mais visceral lhes fora arrancada e como estavam sistematicamente sendo destruídos, teria de ficar ao telefone o dia todo, e mais a noite toda, fazendo pelo menos mais umas cem ligações. A velhice não é uma batalha; a velhice é um massacre.

Quando voltou ao hospital para fazer o check-up anual das carótidas, o exame de ultrassom revelou que a segunda carótida estava seriamente estenosada e requeria cirurgia. Desse modo, ele seria hospitalizado pelo sétimo ano seguido. A notícia foi um golpe para ele — ainda mais porque naquela mesma manhã ele recebera um telefonema avisando-o da morte de Ezra Pollock —, mas pelo menos seria operado pelo mesmo cirurgião e no mesmo hospital, e desta vez não cometeria o erro de aceitar anestesia local, e pediria que o deixassem inconsciente durante todo o procedimento. No esforço de convencer a si próprio de que, com base na experiência de sua primeira cirurgia na carótida, não havia motivo para se preocupar, nem sequer contou a Nancy que ia ser operado, ainda mais porque ela precisava cuidar da mãe. No entanto, fez uma tentativa decidida no sentido de localizar Maureen Mrazek; mas em poucas horas esgotou todas as pistas de que dispunha.

Restava-lhe apenas Howie, a quem ele não telefonava havia algum tempo. Era como se, mortos seus pais havia tantos anos, toda uma série de impulsos que antes eram proibidos ou simplesmente inexistentes houvesse despertado dentro dele e, ao lhes dar vazão com a raiva de um homem doente — a raiva em desespero de um homem doente e infeliz, incapaz de evitar a armadilha mais mortal de uma doença prolongada, a distorção do caráter —, ele tivesse destruído o último vínculo com as pessoas que mais havia amado. Seu primeiro amor fora o irmão. A única coisa sólida que perdurara por toda a sua existência fora a admiração que sentia por aquele homem excelente. Havia destroçado seus casamentos um por um, mas durante toda a vida adulta fora fiel ao irmão. Howie jamais lhe pedira coisa alguma. E agora ele o perdera, tal como perdera Phoebe — por culpa sua. Como se não restassem cada vez menos pessoas que eram importantes para ele, havia completado a destruição da família original. Mas destruir famílias era sua especialidade. Ele não privara três crianças de uma infância coerente e da proteção amorosa de um pai, algo de que ele próprio desfrutara, um pai que pertencera exclusivamente a ele e a Howie, um pai que não fora de mais ninguém?

Ao se dar conta de tudo o que havia destruído, por iniciativa sua e sem nenhum motivo aparente, e, pior ainda, sem ser essa sua intenção, *contra sua própria vontade* — da aspereza com que tratara um irmão que nem mesmo uma só vez fora áspero com ele, que jamais deixara de consolá-lo e acorrer em sua ajuda, e do efeito que tivera sobre os filhos o fato de abandonar suas mães —, ao se dar conta, humilhado, de que não era apenas no plano físico que se havia reduzido à condição de alguém que não desejava ser, começou a bater no próprio peito com o punho, no ritmo constante de sua autoacusação, não acertando no desfibrilador por uma questão de centímetros. Naquele momento, percebeu suas próprias deficiências muito melhor do que Randy e Lonny jamais o fizeram. Aquele homem que costumava ser tão equilibrado golpeava o coração com fúria, como se fosse um fanático rezando, e, dominado pelo remorso, não só por este erro, mas por todos os seus erros, todos os erros inerradicáveis, idiotas, inescapáveis — arrasado pela desgraça de suas limitações, e no entanto agindo como se todas as contingências incompreensíveis da vida fossem de sua responsabilidade —, exclamou, em voz alta: "Sem nem mesmo o Howie! Terminar assim, sem nem mesmo ele!".

No sítio de Howie em Santa Barbara havia uma pequena casa de hóspedes, confortável e quase tão grande quanto a sua casa na praia. Muitos anos antes, ele passara nela duas semanas no verão com Phoebe e Nancy, quando Howie estava de férias com a família na Europa. A piscina era logo em frente à casa, e os cavalos de Howie ficavam ao longe, na serra, e os criados preparavam as refeições e cuidavam deles. Segundo as informações mais recentes de que dispunha, um dos filhos de Howie — Steve, o oceanógrafo — estava temporariamente morando ali com a namorada. Teria ele coragem de pedir? Seria capaz de confessar ao irmão que queria ficar na casa de hóspedes por uns dois meses até que conseguisse decidir onde morar e o que fazer com sua vida dali em diante? Se pudesse viajar até a Califórnia depois da cirurgia e desfrutar da companhia do irmão durante a convalescença...

Pegou o telefone e ligou para Howie. Atendeu a secretária eletrônica, e ele deixou o nome e o número. Cerca de uma hora depois, recebeu um telefonema do filho mais moço de Howie, Rob. "O pessoal", disse Rob, "está no Tibete." "Tibete? O que é que eles estão fazendo no Tibete?" Ficou achando que estavam lá mesmo em Santa Barbara, só que o irmão não queria falar com ele. "Papai foi a Hong Kong a negócios, parece que a uma reunião de uma diretoria, e minha mãe foi com ele. Depois foram visitar o Tibete." "Eles deixam turistas ocidentais entrarem no Tibete?" "Deixam, sim", disse Rob. "Eles só voltam daqui a umas três semanas. Quer deixar um recado? Eu posso mandar um *e-mail*. É o que estou fazendo quando alguém liga pra eles." "Não, não precisa, não", disse ele. "Como é que vão seus irmãos todos, Rob?" "Todo mundo está bem. E você?" "Vou indo", disse ele, e desligou.

* * *

Pois bem, ele havia se divorciado três vezes, era um ex-marido serial que se caracterizava tanto por sua dedicação quanto por suas iniquidades e erros, e teria de continuar a se virar sozinho. Dali em diante, teria de fazer tudo sozinho. Mesmo quando estava na faixa dos vinte, época em que se considerava um careta, e até os cinquenta e tanto, tivera toda a atenção das mulheres que desejara; desde o dia em que entrou para a escola de belas-artes, a coisa não parou mais. Era como se seu destino fosse precisamente aquele. Porém aconteceu então algo imprevisto, algo imprevisto e imprevisível: ele tinha vivido quase três quartos de um século, e sua vida produtiva, ativa, havia terminado. Ele não possuía o atrativo másculo dos homens produtivos nem era capaz de fazer germinar os prazeres másculos, e tentava não ansiar demais por essas coisas. Sozinho, por algum tempo lhe parecera que o componente que faltava de algum modo haveria de voltar, tornando-o invulnerável como antes e reafirmando seu domínio, e aquele direito perdido por engano seria recuperado, e ele poderia retomar sua vida no ponto em que a havia interrompido alguns anos antes. Porém agora lhe parecia que ele, como tantos outros idosos, estava vivendo um processo de diminuição progressiva, e seria obrigado a encarar os dias que lhe restavam tal como via a si próprio — dias vazios, noites incertas, suportando com impotência a deterioração física e a melancolia terminal e a espera, a espera por nada. É assim que é, pensou ele, é isso que você não tinha como saber.

O homem que antes atravessava a nado a baía com a mãe de Nancy havia se tornado algo que jamais sonhara ser. Era hora de se inquietar com o aniquilamento. O futuro longínquo havia chegado.

* * *

Numa manhã de sábado, menos de uma semana antes da cirurgia — após uma noite de pesadelos em que ele despertara respirando com dificuldade às três da madrugada e fora obrigado a acender todas as luzes da casa para aplacar seus temores, só conseguindo voltar a dormir com as luzes ainda acesas —, concluiu que seria bom para ele ir a Nova York visitar Nancy e os gêmeos e também Phoebe, que agora estava em casa com uma enfermeira. Sua independência deliberada costumava ser a base de sua força essencial; era por isso que ele conseguia dar início a uma nova vida num lugar novo, deixando para trás amigos e familiares sem maiores preocupações. Mas, desde que abrira mão de toda a esperança de morar com Nancy ou ficar com Howie, percebia que estava se transformando numa criatura infantil, cada dia mais fraca. Seria a aproximação da sétima hospitalização anual que esmagava sua autoconfiança? Seria a ideia de que em breve estaria dominado por preocupações com a saúde que excluía todo e qualquer outro pensamento? Ou estaria se dando conta de que, a cada hospitalização, desde a primeira, na infância, chegando até a que estava prestes a acontecer, o número de presenças na sua cabeceira diminuía mais e mais, e o batalhão que havia no início agora se reduzira a nada? Ou seria apenas o prenúncio da situação de impotência a que se veria reduzido?

Havia sonhado que estava nu, deitado ao lado de Millicent Kramer, sua aluna no curso de pintura. Estava segurando seu corpo morto e gélido na cama tal como segurara Phoebe naquela vez em que a enxaqueca fora tão terrível que o médico viera para lhe dar uma injeção de morfina, que extinguiu a dor, mas produziu alucinações apavorantes. Quando acordou no meio da noite, acendeu todas as luzes, bebeu um copo d'água, escancarou uma janela e ficou andando de um lado para outro para recuperar o equilíbrio, porém, por mais que tentasse pensar em outra coisa, só conseguia formular uma única pergunta: como fora seu suicídio? Num impulso, engolindo todas as pílulas antes que mudasse de ideia? E, depois que as engolira, teria gritado que não queria morrer, que só não queria continuar sofrendo aquela dor paralisante, que só queria que a dor parasse — teria gritado que só queria que Gerald estivesse ali para ajudá-la e lhe dizer para aguentar firme, para lhe garantir que ela conseguiria suportar e que estavam juntos para enfrentar tudo? Teria morrido chorando, murmurando o nome dele? Ou teria agido com frieza, convencida, por fim, de que estava fazendo a coisa certa? Teria agido sem pressa, segurando o frasco com as duas mãos, pensativa, antes de esvaziá-lo na palma de uma das mãos e engolir os comprimidos um por um com seu último copo d'água, a última água de sua vida? Estaria resignada e pensativa, ele se perguntava, enfrentando com coragem a ideia de que estava abrindo mão de tantas coisas, talvez sorrindo enquanto chorava e relembrava todos os prazeres, tudo o que a entusiasmara e agradara, evocando centenas de momentos comuns que não lhe pareceram importantes quando ela os vivera, mas que agora era como se tivessem existido com a intenção específica de inundar sua vida de uma felicidade cotidiana? Ou teria perdido o interesse nas coisas que estava deixando para trás? Teria ficado sem medo, pensando apenas: finalmente a dor passou, a dor finalmente foi embora, agora é só dormir e ir embora desta coisa extraordinária?

Mas como é que uma pessoa escolhe abrir mão de tudo em troca de um nada infinito? Como ele teria agido? Teria ficado tranquilo, deitado, se despedindo? Teria ele a força que tivera Millicent Kramer ao erradicar tudo? Ela tinha a sua idade. Por que não? Numa situação como a dela, que diferença fazia uns poucos anos a mais ou a menos? Quem ousaria condená-la por ter abandonado a vida de modo precipitado? Em breve, em breve, pensou ele, meus seis *stents* me dizem que em breve vou ter que me despedir sem medo. Porém abandonar Nancy — não consigo! As coisas que podem acontecer com ela no caminho da escola! Deixar para trás sua filha, protegida apenas pelo vínculo biológico que havia entre eles! E ele, pelo resto da eternidade, nunca mais receber os telefonemas matinais dela! Viu a si próprio correndo em todas as direções ao mesmo tempo pela principal interseção de Elizabeth — o pai fracassado, o irmão invejoso, o marido infiel, o filho impotente — e, a poucos quarteirões da joalheria da família, chamando os familiares que jamais poderia alcançar, por mais que corresse atrás deles. "Mamãe, papai, Howie, Phoebe, Nancy, Randy, Lonny — se naquele tempo eu soubesse como agir! Vocês não me escutam? Estou indo embora! Terminou, e estou deixando vocês para trás!" E todos se afastando dele, tão depressa quanto ele deles, viravam as cabeças para trás para exclamar, por sua vez, com vozes carregadas de significado: "Tarde demais!".

Partir — a palavra que o fizera despertar sufocado, em pânico, vivo após abraçar um cadáver.

Não chegou a Nova York. Seguindo para o norte, na rodovia expressa de Nova Jersey, lembrou-se de que imediatamente ao sul do aeroporto de Newark ficava a saída para o cemitério onde estavam enterrados seus pais e, lá chegando, saiu da estrada principal, tomando uma via mais estreita que serpenteava por um bairro residencial decrépito, passava por uma escola primária, um prédio velho e soturno, e terminava numa avenida maltratada, cheia de caminhões, à margem da qual, numa extensão de cerca de dois hectares, ficava o cemitério judeu. Na extremidade do cemitério havia uma rua vazia onde os instrutores de autoescola levavam os alunos, para ensiná-los a fazer curvas fechadas. Entrou cuidadosamente pelo portão aberto, com pontas de ferro, e estacionou em frente ao pequeno prédio que certamente funcionara como capela e agora não passava de uma ruína dilapidada e eviscerada. A sinagoga que outrora administrava o cemitério já não existia havia anos, desde que a congregação se mudara para subúrbios nos condados de Union, Essex e Morris, e tinha-se a impressão de que ninguém mais cuidava do lugar. A terra estava cedendo e afundando em torno de muitas das sepulturas, e por toda a parte havia lápides caídas de lado, e isso não no trecho original do cemitério em que seus avós estavam enterrados, em meio a centenas de lajes escurecidas, amontoadas uma ao lado da outra, e sim nos trechos mais novos em que as inscrições em granito datavam da segunda metade do século XX. Ele não havia percebido nada disso quando estivera ali no enterro do pai. Naquela ocasião, só vira o caixão sustentado pelas correias sobre a cova aberta. Embora fosse um caixão simples e modesto, ele ocupava o mundo todo. Em seguida viera a brutalidade do enterro e a boca cheia de terra.

Apenas no último mês, ele comparecera a dois enterros em dois cemitérios diferentes no condado de Monmouth, ambos menos deprimentes que este, e também menos perigosos. Nas últimas décadas, além de vândalos que danificavam e destruíam as pedras e os prédios onde seus pais estavam enterrados, havia também assaltantes na área. Em plena luz do dia, atacavam os velhos que de vez em quando iam ali, sozinhos ou aos pares, para passar algum tempo visitando o túmulo de algum familiar. No enterro de seu pai, o rabino lhe dissera que, se estivesse sozinho, seria melhor visitar os pais no período das Grandes Festas, quando a polícia local, atendendo a pedidos de uma comissão de administradores do cemitério, dava proteção aos fiéis que vinham recitar os salmos apropriados e relembrar os mortos. Ele ouvira o rabino e concordara com a cabeça, porém, por não se considerar um dos fiéis, muito menos um dos praticantes, e por sentir uma profunda aversão pelos Grandes Feriados, não tinha a menor intenção de ir ao cemitério em tais ocasiões.

Os enterros tinham sido de duas mulheres de sua turma de pintura que haviam morrido de câncer no intervalo de apenas uma semana. Havia muita gente de Starfish Beach naqueles enterros. Enquanto olhava a seu redor, não conseguia deixar de se perguntar qual daquelas pessoas seria a próxima a morrer. Em algum momento, ocorre a todos nós o pensamento de que, dentro de cem anos, ninguém que está vivo agora existirá — uma força avassaladora terá varrido a todos da face da Terra. Porém ele estava pensando em termos de dias. Eram pensamentos de um homem marcado.

Havia, nos dois enterros, uma mulher baixa, gorducha e idosa, que chorava de modo tão incontrolável que parecia ser mais que uma simples amiga das falecidas, e sim, o que era impossível, a mãe de ambas. No segundo enterro, ela estava chorando a apenas uns poucos metros dele, e o homem gordo a seu lado, que ele imaginou ser o marido, se bem que (ou talvez porque) ele, de braços cruzados, dentes trincados e queixo espichado para cima, permanecia ostensivamente desligado dela, um espectador indiferente que se recusava a continuar aturando aquela pessoa. Ao que parecia, as lágrimas dela tinham o efeito de provocar nele mais desprezo que preocupação, porque no meio do funeral, enquanto o rabino recitava em inglês as palavras do livro de preces, o marido virou-se espontaneamente e perguntou, impaciente: "Sabe por que ela está chorando desse jeito?". "Acho que sei, sim", ele retrucou, num cochicho, querendo dizer: é porque ela é como eu sou desde menino. É porque ela é como todos. É porque a intensidade mais perturbadora da vida é a morte. É porque a morte é tão injusta. É porque, para quem provou a vida, a morte não parece nem sequer natural. Eu pensava — e, *em segredo, tinha certeza* — que a vida continuava. "Pois você está enganado", disse o homem, seco, como se tivesse lido seus pensamentos. "Ela é assim o tempo todo. Assim há cinquenta anos", acrescentou, com uma expressão de intolerância no rosto. "Ela é assim porque não tem mais dezoito anos."

Seus pais estavam perto do perímetro do cemitério, e ele levou algum tempo para encontrar suas sepulturas junto à cerca de ferro que separava a última fileira de sepulturas de uma rua estreita, que parecia ser uma espécie de parada improvisada para caminhoneiros cansados. Nos anos que se haviam passado desde sua última visita, ele esquecera o efeito que aquelas lápides tiveram sobre ele quando as vira pela primeira vez. Viu os dois nomes gravados ali, e foi dominado por um acesso de choro, daquele tipo que deixa um bebê sem forças. Foi fácil evocar a última imagem que tinha de cada um dos dois — a imagem do hospital —, mas, quando tentou encontrar a lembrança mais antiga, o esforço de recuar até o ponto mais remoto do passado que tinha em comum com eles fez com que uma segunda onda de emoção o dominasse.

Eram apenas ossos, ossos dentro de uma caixa, mas os ossos deles eram dele, e ele aproximou-se dos ossos o máximo que pôde, como se a proximidade pudesse estabelecer um vínculo com eles e atenuar o isolamento causado pela perda do futuro e religá-lo a tudo o que havia ido embora. Durante uma hora e meia, aqueles ossos foram a coisa mais importante no mundo. Eram tudo o que importava, a despeito do ambiente de decadência daquele cemitério abandonado. Na presença daqueles ossos, ele não conseguia se afastar deles, não conseguia não falar com eles, não conseguia fazer outra coisa senão ouvir o que eles diziam. Entre ele e aqueles ossos muita coisa aconteceu, muito mais do que agora entre ele e os que ainda tinham carne em torno de seus ossos. A carne vai embora, porém os ossos permanecem. Os ossos eram o único consolo que restava para alguém que não acreditava na vida após a morte e sabia, sem nenhuma dúvida, que Deus era uma ficção, e que aquela vida era a única que ele teria. Como diria a jovem Phoebe no tempo em que eles se conheceram, não seria demais afirmar que seu maior prazer agora era ir ao cemitério. Apenas ali o contentamento era possível.

Não tinha a impressão de estar jogando um jogo. Não tinha a impressão de que estava tentando fazer que uma ficção se tornasse verdade. Aquilo *era* a verdade, a intensidade da ligação com aqueles ossos.

Sua mãe morrera com oitenta anos, seu pai com noventa. Disse ele, em voz alta, para os dois: "Estou com setenta e um anos. O filho de vocês está com setenta e um anos". "Bom. Você viveu", respondeu a mãe, e o pai disse: "Olhe para trás e expie as coisas que você pode expiar, e aproveite o que lhe resta".

Ele não pôde continuar. A ternura estava fora de controle. Tal como o anseio de que todos estivessem vivos. E de ter tudo aquilo de volta outra vez.

E̩stava atravessando o cemitério, voltando para o carro, quando encontrou um negro escavando a terra com uma pá. O homem estava dentro da sepultura ainda não terminada, a uma profundidade de pouco mais de meio metro, e parou de cavar e jogar terra para fora quando o visitante se aproximou. Estava com um macacão escuro e um boné velho; o bigode grisalho e o rosto enrugado indicavam que teria no mínimo cinquenta anos, porém o corpo ainda era musculoso e forte.

"Eu pensava que hoje isso era feito à máquina", disse ele ao coveiro.

"Nos cemitérios grandes, onde abrem muitas covas, eles usam máquinas, sim, muitas vezes." Falava com sotaque de sulista, porém num tom bem natural e preciso, mais como se fosse um mestre-escola pedante do que um trabalhador braçal. "Eu não uso máquina", prosseguiu, "porque com elas as outras covas afundam. A terra pode ceder e esmagar o caixão. E além disso você tem que pensar nas lápides. No meu caso, é mais fácil fazer tudo à mão. Fica bem mais caprichado. É mais fácil tirar a terra sem estragar o resto. Uso um tratorzinho que eu mesmo manobro com facilidade, e cavo com uma pá."

Só agora ele reparou na presença do trator, parado no caminho gramado entre as covas. "O trator é pra quê?"

"Eu uso pra levar embora a terra. Faço isso há tanto tempo que já sei quanta terra é pra levar embora e quanta é pra ficar. Os primeiros dez carregamentos vão embora. O que sobra, eu jogo em cima das tábuas. Ponho umas tábuas de compensado. Aquelas ali. Eu ponho três tábuas pra terra não cair em cima da grama. A segunda metade da terra, eu jogo em cima das tábuas. Pra encher a cova depois. Aí cubro tudo com esse tapete verde. Pra ficar bonito pra família. Pra parecer grama."

"Como é que você cava? Se incomoda de eu perguntar?"

"Não", disse o coveiro, ainda a uma profundidade de meio metro, parado no lugar onde estava cavando. "A maioria das pessoas não quer nem saber. Pra elas, quanto menos souberem, melhor."

"Pois eu quero saber", ele insistiu. E queria mesmo. Não queria ir embora.

"Bom, eu tenho um mapa. Ele mostra todas as covas que foram vendidas ou cavadas no cemitério. Com o mapa você localiza o lote, comprado há um tempão, cinquenta, setenta e cinco anos atrás. Depois que localizo, venho aqui com um ferro. Aquele ali. Um ferro de dois metros e pouco. Pego o ferro e afundo um metro, mais ou menos, e é assim que localizo onde fica a sepultura nova. Você afunda, ele bate, você escuta. E aí pego um pau e assinalo no chão o lugar onde vai ficar a sepultura nova. Aí tem uma armação de madeira que eu ponho no chão, e é com base nela que vou cavando. Primeiro corto a camada de terra com a grama junto da armação com uma colher de pedreiro. Aí recorto ela em pedaços quadrados e empilho atrás da cova, pra ninguém ver — porque eu não quero bagunçar o lugar do enterro. Quanto menos terra, mais fácil de limpar depois. Não gosto de fazer bagunça. Aí ponho uma tábua atrás da cova, e é pra lá que levo os quadrados de grama com o forcado. Ponho tudo formando uma espécie de quadriculado, e fica parecido como estava antes. Isso leva mais ou menos uma hora. É uma das coisas mais trabalhosas. Depois que eu termino, começo a cavar. Eu trago o trator, junto com um trailer. É assim: primeiro sou eu que cavo. É o que estou fazendo agora. Depois meu filho cava o trecho mais duro. Ele tem mais força do que tenho agora. Ele gosta de vir depois que eu termino. Quando ele está ocupado ou não está aqui, cavo tudo sozinho. Mas quando ele está aqui, sempre deixo ele cavar a parte mais dura. Estou com cinquenta e oito anos. Não consigo mais cavar como antigamente. Quando ele começou, ficava aqui o tempo todo, e a gente se revezava. Era divertido, porque ele era garoto, e aí eu podia conversar com ele, nós dois sozinhos."

"Sobre o que é que vocês conversavam?"

"Não era sobre o cemitério", disse ele, rindo gostosamente. "Não era sobre isso que a gente está conversando."

"Então sobre o quê?"

"As coisas em geral. A vida em geral. Mas, enfim, eu cavo metade. Uso duas pás, uma quadrada pra quando é mais fácil e dá pra você tirar mais terra, depois uma outra, redonda, com ponta, uma pá comum. É a pá que você usa pra cavar normalmente, uma pá comum. Se está fácil, principalmente na primavera, quando a terra não está completamente sólida, quando ela está úmida, eu uso a pá grande e dá pra tirar um bocadão de cada vez, e vou jogando dentro do trailer. Cavo da frente para trás, formando um quadriculado, e vou acertando a margem da cova com a colher de pedreiro. Uso também um forcado reto. Com ele eu aliso as beiradas, acerto e corto as pontas, deixo bem retinho. Você tem que ir acertando enquanto cava. Os dez primeiros carregamentos do trailer eu levo pra uma área do cemitério que é mais baixa, que a gente está aterrando, esvazio o trailer lá e volto, e encho outra vez. Dez carregamentos. Aí eu já estou mais ou menos na metade do serviço. Já afundei mais ou menos um metro."

"Do começo ao fim, leva quanto tempo?"

"Umas três horas, até eu terminar a minha parte. Às vezes até quatro. Depende. Meu filho cava bem — a parte dele leva mais umas duas horas e meia. É um dia de trabalho. Normalmente chego às seis da manhã, e o meu filho vem por volta das dez. Mas agora ele está ocupado, e eu digo para ele vir quando quiser. Quando está quente, ele prefere vir de noite, que é mais fresco. Com os judeus, só avisam a gente com um dia de antecedência, e tem que trabalhar depressa. No cemitério cristão" — ele apontou para o cemitério grande que se estendia do outro lado da estrada — "os agentes funerários avisam a gente com dois ou três dias de antecedência."

"E há quanto tempo você trabalha nisso?"

"Trinta e quatro anos. É muito tempo. É um bom trabalho. É tranquilo. A gente tem tempo pra pensar. Mas é muito trabalhoso. Está começando a machucar as minhas costas. Um dia, em breve, vou passar tudo pro meu filho. Ele vai assumir, eu vou voltar a morar num lugar onde é mais quente o ano inteiro. Porque até agora só falei em cavar, veja lá. Depois você tem que voltar e encher. Isso leva três horas. Botar a camada de terra com a grama, essas coisas. Mas vamos voltar pra hora de cavar. O meu filho já terminou. Ele deixou a cova bem reta, o fundo liso. Tem um metro e oitenta de profundidade, ficou bonito, dá até pra pular lá dentro. Como dizia o velho que trabalhava comigo quando eu comecei, tem que ficar tão liso que dá pra você fazer a cama no fundo. Eu ria muito quando ele dizia isso. Mas é assim que é: tem que ser um buraco de um metro e oitenta de profundidade, e tudo tem que ficar muito bem-feito pra família, e também pro morto."

"Você se incomoda se eu ficar assistindo?"

"Nem um pouco. Está fácil cavar aqui. Não tem pedra. Desce direto."

Ele ficou a ver o homem cavando, depois tirando da cova a pá cheia de terra e esvaziando-a sobre as tábuas com facilidade. De vez em quando usava os dentes do forcado para afofar a terra das paredes da cova, e em seguida escolhia uma das duas pás para continuar cavando. Às vezes uma pedrinha caía sobre as tábuas, mas de modo geral o que saía de dentro da sepultura era uma terra escura, úmida, que se esfarinhava assim que era lançada da pá.

Ele estava olhando, parado ao lado da lápide, para o lugar, junto ao pé da sepultura, onde o coveiro havia empilhado os pedaços quadrados de terra com grama que ele recolocaria sobre a cova depois do enterro. Os quadrados de terra se encaixavam perfeitamente na tábua em que estavam colocados. E ele continuava sem querer sair dali, sabendo que bastava voltar a cabeça para trás que veria, ao longe, a lápide de seus pais. Não queria nunca mais sair dali.

Apontando para a lápide, o coveiro comentou: "Esse cara aqui lutou na Segunda Guerra Mundial. Prisioneiro de guerra no Japão. Um sujeito cem por cento. Conheci ele porque sempre vinha aqui visitar a mulher. Simpático. Um cara muito legal. O tipo do cara que, se o teu carro pifa, ele vem te ajudar".

"Quer dizer que você conhece algumas dessas pessoas."

"Se conheço! Tem um garoto aqui, dezessete anos. Morreu num desastre de carro. Os amigos vêm e põem latas de cerveja na sepultura dele. Ou então um caniço de pescar. Ele gostava de pescar."

Bateu com a pá sobre as tábuas para que um pedaço de terra desgrudasse dela, e em seguida continuou a cavar. "Ih", exclamou, olhando para a rua, "lá vem ela", e na mesma hora largou a pá e retirou as luvas de trabalho amarelas, sujas de terra. Pela primeira vez, saiu de dentro da cova e bateu os sapatos surrados um contra o outro, para soltar a terra que se grudara neles.

Uma senhora idosa, negra, aproximava-se da sepultura aberta carregando uma pequena geladeira de isopor xadrez numa das mãos e uma garrafa térmica na outra. Usava tênis de corrida, uma calça de náilon da cor das luvas do coveiro e um casaco azul, fechado com zíper, com o nome de um time de beisebol, os New York Yankees.

O coveiro disse a ela: "Este senhor simpático está aqui conversando comigo".

Ela acenou com a cabeça e entregou ao homem o isopor e a garrafa térmica, os quais ele colocou ao lado do trator.

"Obrigado, querida. O Arnold ainda está dormindo?"

"Já levantou", ela respondeu. "Eu fiz dois bolos de carne e um salsichão pra vocês."

"Ótimo. Obrigado."

Ela acenou de novo, virou-se e saiu do cemitério. Entrou no carro e foi embora.

"É a sua mulher?", ele perguntou ao coveiro.

"É a Thelma." Acrescentou, sorrindo: "Ela me alimenta".

"Não é a sua mãe."

"Ah, não, não — não, senhor", disse o coveiro, rindo, "é a Thelma."

"E ela não se incomoda de vir até aqui?"

"A gente faz o que tem que fazer. É a filosofia dela, trocada em miúdos. Pra Thelma, estou só cavando um buraco. Não é nada de especial pra ela."

"Você vai querer almoçar, por isso vou embora. Mas eu queria lhe perguntar — queria saber se foi você que cavou a sepultura dos meus pais. Eles estão enterrados logo ali. Deixa eu mostrar."

O coveiro o seguiu até o lugar de onde dava para ver a lápide de sua família.

"Foi você que cavou?", perguntou ele.

"Claro, eu mesmo", respondeu o coveiro.

"Pois eu queria agradecer. Queria agradecer por tudo o que você me explicou com tanta clareza. Você deu os detalhes mais concretos possíveis. Isso é uma informação importante pra uma pessoa de idade. Obrigado pelos detalhes concretos, e obrigado por ter sido tão cuidadoso e respeitoso quando cavou a sepultura dos meus pais. Eu queria saber se posso lhe dar alguma coisa."

"Eu fui pago na época, obrigado."

"É, mas eu queria dar alguma coisa para você e seu filho. Meu pai sempre dizia: 'Melhor dar enquanto a mão ainda está quente'." Entregou a ele duas notas de cinquenta, e quando a manzorra áspera do coveiro se fechou em torno das notas, ele o olhou de perto, o rosto simpático, enrugado, a pele esburacada do negro de bigode que em breve talvez cavaria para ele um buraco tão liso no fundo que daria para fazer a cama ali.

Nos dias que se seguiram, bastava querer que ele os evocava, e não apenas os pais de osso do homem envelhecido, mas também os pais de carne do menino ainda em botão, indo de ônibus para o hospital com *A ilha do tesouro* e *Kim* na mala que sua mãe equilibrava nos joelhos. Um menino ainda em botão, mas que, por causa da presença dela, não traía nenhum medo e afastava para o lado a lembrança do corpo inchado do marinheiro que ele vira a guarda costeira retirar da praia cheia de óleo.

Na manhã de quarta-feira, foi ao hospital para que operassem sua carótida direita. A preparação foi exatamente igual à da cirurgia na carótida esquerda. Ficou na antessala aguardando sua vez, junto com todos os outros pacientes que seriam operados naquele dia, até que chamaram seu nome, e com a camisola fina e os chinelos de papel entrou na sala de operação, acompanhado por uma enfermeira. Dessa vez, quando o anestesista mascarado lhe perguntou se ele queria local ou geral, ele pediu a geral, para que fosse mais fácil suportar a cirurgia que da vez anterior.

As palavras ditas pelos ossos o faziam sentir-se animado e indestrutível. Além disso, ele conseguira com muito esforço subjugar seus pensamentos mais negativos. Nada poderia extinguir a vitalidade daquele menino cujo corpo esguio e intacto como um torpedo outrora dominava as ondas do Atlântico indomável, e vinha montado no dorso delas desde uma distância de cem metros da praia até a areia. Ah, a sensação de liberdade, e o cheiro de maresia, e o sol escaldante! A luz do dia, ele pensou, penetrando por todos os lados, dia após dia de verão, aquela luz refletida num mar vivo, um tesouro óptico tão imenso e valioso que era como se ele estivesse olhando através da lupa de joalheiro em que estavam gravadas as iniciais de seu pai, admirando o planeta perfeito e sem preço — em sua casa, o planeta Terra, com um bilhão, um trilhão, um quatrilhão de quilates! Ele perdeu a consciência, sentindo-se longe de estar derrubado, de estar condenado, ansioso para realizar-se mais uma vez, e no entanto nunca mais despertou. Parada cardíaca. Deixou de ser, libertou-se do ser sem sequer se dar conta disso. Tal como ele temia desde o início.

1ª EDIÇÃO [2007] 6 reimpressões

ESTA OBRA FOI COMPOSTA EM ELECTRA PELO ACQUA ESTÚDIO E IMPRESSA
EM OFSETE PELA GEOGRÁFICA SOBRE PAPEL PÓLEN BOLD DA SUZANO
PAPEL E CELULOSE PARA A EDITORA SCHWARCZ EM JUNHO DE 2018

A marca FSC® é a garantia de que a madeira utilizada na fabricação do papel deste livro provém de florestas que foram gerenciadas de maneira ambientalmente correta, socialmente justa e economicamente viável, além de outras fontes de origem controlada.